DEBUT D'UNE SERIE DE DOCUMENTS
EN COULEUR

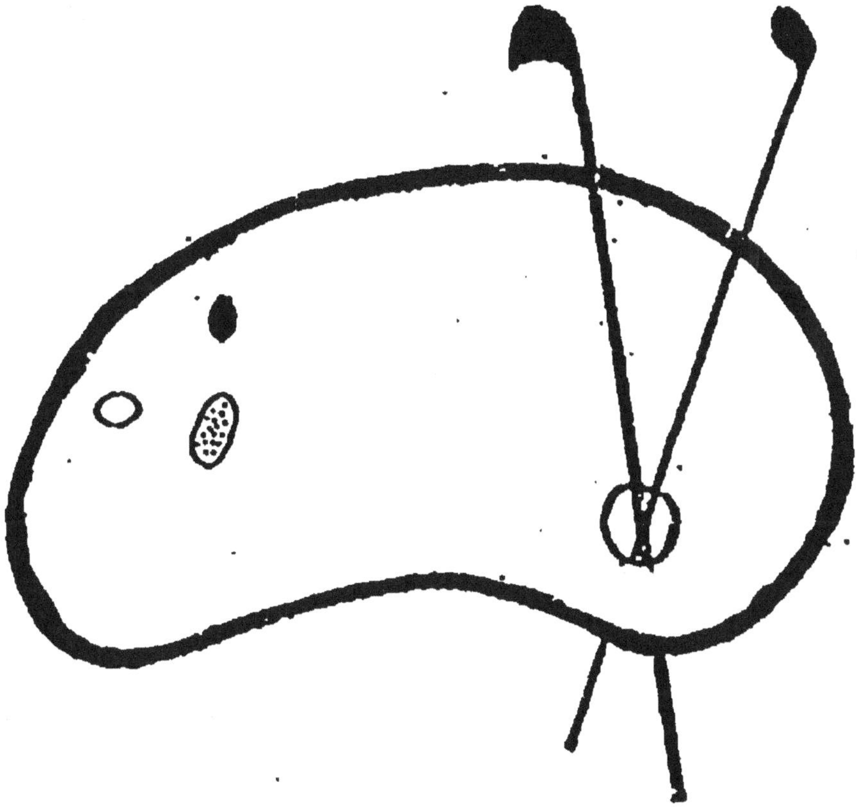

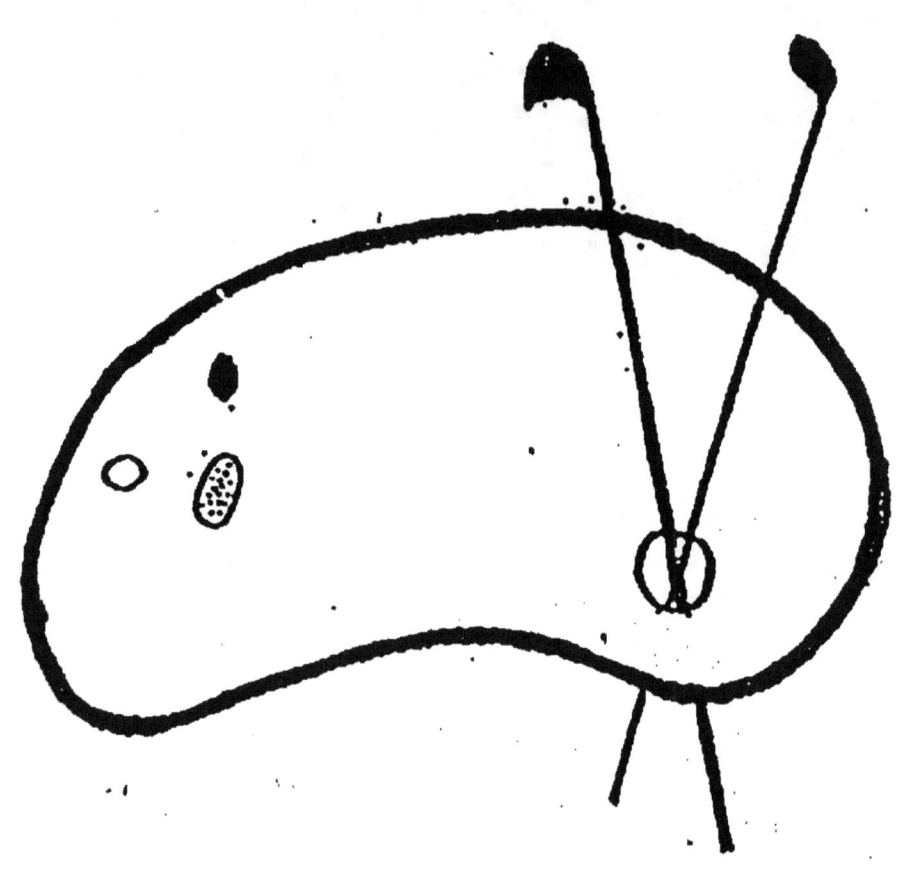

FIN D'UNE SERIE DE DOCUMENTS
EN COULEUR

NOUVEAUX CONSEILS

A MA FILLE

1re SÉRIE IN-12

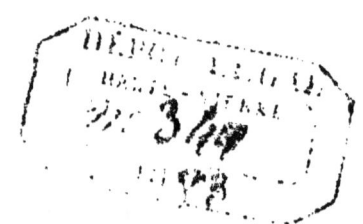

J. N. BOUILLY

NOUVEAUX

CONSEILS

A MA FILLE

ÉDITION REVUE

PAR E. DU CHATENET.

LIMOGES
EUGÈNE ARDANT ET Cⁱᵉ, ÉDITEURS.

NOUVEAUX CONSEILS

A MA FILLE

LA MANIE DES ROMANS.

Rien ne se propage comme les ridicules.
Il est rare qu'une jeune fille n'ait pas les
manies de la personne qui dirige son éducation. Accoutumée à copier cette dernière
jusque dans les moindres détails, elle suit
aveuglément le sentier qu'elle lui trace ;
et, lorsque ce sentier s'écarte du chemin
qui conduit au vrai bonheur, la jeune égarée
ne le retrouve que bien difficilement, et
quelquefois n'y rentre de sa vie.

M. James, riche fabricant de dentelles,
était cité comme l'un des hommes les plus
recommandables de la Flandre : il em-

ployait à lui seul plus de cinq cents ouvriers,
dont il ne cessait d'être le bienfaiteur. Ses
riches produits se répandaient dans toute
l'Europe, et son crédit se trouvait si géné-
ralement établi, qu'il n'y avait point de
comptoir connu dans les cinq parties du
monde où sa signature ne fût respectée.
Cher à son pays, qui lui devait une partie
de sa prospérité, il était devenu l'un des plus
notables de Bruxelles, où la franchise et la gé-
nérosité qui le caractérisaient contribuaient
encore à le faire chérir. Aussi, dès qu'il
traversait une rue, dès qu'il se montrait
dans quelque lieu public, il entendait à
tout moment répéter sur son passage :
« C'est le bon M. James, l'honneur et le
modèle des fabricants, le père des ouvriers,
l'appui des malheureux... » Hommages tou-
chants, doux salaire de l'homme de bien,
quel rang, quelles prérogatives pourraient
vous être préférés ?

M. James avait cinq enfants, deux gar-
çons et trois filles. Charles et Victor secon-
daient leur père dans ses immenses travaux ;
ils n'avaient d'autre ambition que de lui
succéder et de se rendre comme lui dignes

de l'estime générale. Cécile, Adèle et Benjamine, élevées par la plus vertueuse des
mères, étaient chargées de vaquer aux soins
du ménage, à la tenue des livres, à tous les
détails qu'exige sans cesse un commerce
considérable. Cécile, active et laborieuse,
valait à elle seule deux commis au cabinet;
Adèle, attentive, soigneuse et prévenante,
s'était chargée de l'administration intérieure
de la maison; quant à Benjamine, dédaigneuse, exigeante et romanesque, elle se
laissait prévenir par tout ce qui l'entourait,
se faisait servir par ses frères et sœurs, et
croyait les payer amplement de toutes leurs
bontés, soit par un sourire approbateur,
soit par un regard de protection qui semblait dire : « Je suis contente de vous. »
Comme elle était la dernière venue, elle
fut dès sa naissance l'idole de ses parents :
chacun la gâtait avec délices, et semblait
la regarder comme formée d'un autre sang.
Il est dans les familles nombreuses de ces
êtres privilégiés qui réunissent toutes les
affections, de ces Benjamines à qui l'on fait
croire qu'elles ont plus de droit que tous
les autres, et qui souvent ne payent que

par une indifférence coupable et la vanité la plus ridicule tous les égards em-
miellés dont on adula leur enfance.

Tandis qu'Adèle et Cécile s'occupaient,
ainsi que leurs frères, des attributions qu'on
leur avait confiées, Benjamine, mollement
étendue sur un sofa, se hasardait tantôt à
nouer un ruban sur un chapeau, tantôt à
broder une fleur au métier, ou bien son
chiffre couronné de roses sur un mouchoir
de batiste; mais elle aurait cru se compromettre s'il lui eût fallu, comme le faisaient
ses sœurs, assortir des pièces de dentelles,
former les cases de papiers qui les renfer-
ment, étiqueter chaque sorte et les ranger
dans les cartons. Ses jolis doigts étaient trop
délicats pour se livrer à des occupations
vulgaires; son imagination s'élevait à une
trop grande hauteur pour qu'elle pût s'a-
baisser à un travail purement mécanique.
Il lui fallait des objets plus importants, et
qui, disait-elle, exigeassent du génie, de la
réflexion et du sentiment; en un mot, elle
s'imaginait planer sur tout ce qui l'entourait, comme un cèdre superbe balance sa
cime au-dessus des insectes qui rampent
sous son ombrage.

Cet esprit romanesque ne fit que s'accroî-
tre par l'arrivée à Bruxelles d'une parente
de M. James, qui depuis longtemps avait
formé le projet de visiter sa belle fabrique.
Cette dame, veuve de M. de Lessence, qui
jadis avait occupé une place importante à la
cour, était un composé de qualités et de
ridicules. Fraîche encore et d'une apparence
robuste, elle avait ses jours de migraine, et
se plaignait continuellement de maux de
nerfs; parlant sans cesse et d'une voix
forte et sonore, elle s'interrompait quelquefois par une toux sèche, et affectait la petite
poitrine; quoique d'un appétit dévorant et
dormant dix heures de suite, elle criait à
l'insomnie et se désolait de la faiblesse de
son estomac; très-recherchée dans sa toilette, elle ne parlait qu'avec mépris des
caprices de la mode; mais sa bonté naturelle s'étendait sur tout ce qui l'entourait:
plus d'une fois elle se réduisit au plus strict
nécessaire pour consoler l'infortune, assister l'indigence. Être estimée était son ambition; être citée, sa passion dominante.
Irréprochable dans sa conduite, elle fuyait
le grand monde et se livrait entièrement à

la lecture des romans. Il n'en était aucun,
depuis *Théagène et Charyclée*, traduit du
grec, jusqu'aux productions les plus modernes, qu'elle ne connût et dont elle ne fût en
état de réciter tel ou tel passage. Aussi son
imagination, remplie de tant d'incidents, de
récits et de descriptions, se formait des chi-
mères à chaque objet qui se présentait à sa
vue. Apercevait-elle un vieux château, elle
se disait aussitôt : « C'est là qu'a gémi l'innocence opprimée ; ces remparts, ces ponts-
levis, annoncent qu'un preux a combattu
pour protéger l'innocence... » Découvrait-
elle dans la campagne une humble chaumière, elle s'imaginait qu'elle avait été
l'asile de quelque proscrit célèbre, de quelque guerrier malheureux. « Peut-être, s'é-
criait-elle, est-ce là qu'Angélique amena
sur un coursier son cher Médor, et qu'elle
étancha le sang qui coulait de sa blessure
avec les longues tresses de ses beaux cheveux... » L'aspect d'une tour, d'une ruine,
d'une forêt, la jetait toujours dans une rêverie
délicieuse, et souvent ses yeux, fixés sur les
monuments qu'avaient respectés plusieurs
siècles, se mouillaient de douces larmes.

On présume aisément que cette manie romanesque, qui d'ailleurs était rachetée par beaucoup d'esprit et le plus grand usage du monde, fit une profonde impression sur Benjamine. Elle regardait madame de Lessence comme une divinité que le ciel protecteur lui avait envoyée pour l'arracher à l'existence obscure où elle languissait chez ses parents, et l'initier aux mystères qui seuls peuvent élever l'âme et l'orner de ces grands sentiments qui brillaient au temps heureux de l'antique chevalerie. Remplie de cette idée, la jeune enthousiaste ne cessait d'entourer d'égards, de soins caressants, celle qu'elle désirait prendre pour modèle, et parvint à s'en faire chérir au point que madame de Lessence conçut le projet de l'adopter pour son élève chérie. « Votre Benjamine, dit-elle un jour à M. et madame James, réunit tout ce qu'il faut pour devenir une femme très-distinguée, et j'ai la certitude qu'un séjour auprès de moi, dans la capitale, achèverait de développer les rares dispositions que je remarque dans cette charmante personne. Je suis veuve et sans enfants, votre parente, votre amie, si vous

voulez la confier à ma surveillance, à ma
tendresse, j'ose vous promettre que bientôt
ellle sera citée dans tout Paris comme un
ange de perfection, et qu'elle pourra prétendre aux plus brillantes destinées. » Quoique le bon M. James eût pour la plus jeune
de ses filles un attachement inexprimable,
l'idée de lui procurer un sort avantageux,
la haute réputation de madame de Lessence,
son bon cœur, la pureté de ses principes,
enfin le désir ardent qu'exprimait Benjamine
de se former sous les auspices d'une femme
aussi célèbre et de marcher sur ses traces,
tout détermina ce tendre père à se séparer
de sa chère Benjamine. Au bout de quelques
semaines, madame de Lessence annonça
son départ. M. et madame James formèrent
pour leur fille le trousseau le plus riche et
le plus complet; ils lui donnèrent une
bourse pleine d'or, invoquèrent pour cette
enfant chérie les faveurs du ciel, et, mêlant
leurs larmes à leurs bénédictions, ils la
remirent entre les bras de madame de Les-
cence, qui, tout aussi attendrie qu'eux,
croyait voir dans cette scène touchante le
départ de Pénélope ou celui de Virginie.

Le jour même de leur arrivée à Paris,
madame de Lessence dit à sa jeune parente :
« Le nom que vous portez, et par lequel
votre digne père a voulu sans doute rappeler la tendresse du vieux Jacob pour son
cher Benjamin, n'est pas heureusement
assorti avec la dignité de vos traits et cette
teinte sentimentale qui en fait le premier
charme. *Benjamine* exprime, selon moi, la
gentillesse de l'enfance, le tendre objet de
la préférence paternelle ; mais il vous faut
un nom plus analogue à votre nouvelle
existence, à la glorieuse carrière que je me
propose de vous faire parcourir. Et puis ce
James est bien court, bien sec. Il est parmi
nous des convenances dont on ne peut s'é-
carter ; et vous sentez que, dans les réunions de nos chers initiés, où bientôt vous
devez paraître, on n'aurait de vous qu'une
idée mince et vulgaire en vous entendant
annoncer : Benjamine James... Je vous propose donc de vous nommer dès ce moment... Rosemonde de Saint-James. — Oh !
le charmant nom ! s'écria la jeune élève en
répétant plusieurs fois de suite : Rosemonde !... Rosemonde !... — C'est celui d'une

Vénitienne qui remplit l'Italie de ses malheurs ; vous connaîtrez bientôt cette histoire intéressante. » Voilà donc notre heureuse Benjamine transformée tout-à-coup, annoncée et désignée comme Rosemonde de Saint-James. Ce qu'avait prévu madame de Lessence arriva. Ce nom romanesque et idéal fixa l'attention sur sa jeune élève, la fit trouver aussi noble qu'intéressante, et lui procura plus d'hommages que n'eût fait le simple nom de James, qui n'était que celui du premier fabricant et du plus honnête homme de toute la Flandre.

Benjamine, revêtue de ce surnom qui lui paraissait indispensable, eut à se former dans de différentes choses non moins importantes pour se signaler dans le monde. « Il faut, lui dit madame de Lessence, si vous voulez atteindre à cette haute réputation de femme distinguée à laquelle il vous est permis de prétendre, il faut, dis-je, que vous composiez d'abord votre maintien de cette grâce expansive, de ce tendre abandon qui annoncent la quintessence du sentiment. Il faut lever souvent vos grands yeux vers le ciel, exhaler de temps en temps un sou-

pir mystérieux, et rester le plus longtemps
possible dans une rêverie mélancolique,
d'où vous ne sortirez qu'avec distraction,
et comme arrachée tout-à-coup à vos chè-
res pensées. Il faut que votre mise soit
d'un désordre très-recherché; la tête toujours nue et ornée d'une simple fleur; vos
beaux cheveux blonds tombant sur les épaules, et couvrant la poitrine de deux gros flo-
cons bouclés qu'on appelle *repentirs :* ce dernier article est de rigueur. Surtout jamais de
rouge; et, si vous le pouvez, une teinte de
pâleur qui annonce l'excès du travail et
l'irritabilité des nerfs. Pas le moindre chiffon
ni le plus simple indice d'une mode éphémè-
re; et toujours à la main un mouchoir
blanc orné dans les coins de chiffres et de
devises, pour essuyer les pleurs que produit la moindre émotion sur une âme trop
sensible. Il faut aussi que vous puissiez
chanter quelque romance plaintive, et que
vous sachiez vous accompagner sur la harpe.
La harpe, vous le savez, était l'intrument
des bardes, par nous si révérés; et c'est
encore celui que préfère toute femme bien
inspirée. Enfin, ma chère Rosemonde, sou-

venez-vous que, pour être initiée aux mystères du sentiment et de la délicatesse, on
doit avoir ce que nous appelons le genre
ossianique. — Et qu'est-ce que le genre
ossianique, tendre amie? — C'est une inspiration vive et brillante qui, dirigeant notre intelligence vers la voûte céleste, nous
fait dédaigner tout ce qui nous entoure sur
la terre, et nous élève par la pensée au-
dessus des simples mortels. — Oh! bien,
je vous promets d'être excellente ossianique;
car, à Bruxelles, je me sentais au-dessus
de toutes les personnes qui m'environnaient. — Fort bien! — Et, à l'exception
des chers auteurs de mes jours, malgré moi
je dédaignais tout le monde. — C'est parfait. Nous commençons dès demain vos
premières études, et, pour marcher avec
ordre, je vous donnerai à lire *Clélie* et le
Grand Cyrus, de mademoiselle de Scudéri,
Zaïde et la *Princesse de Clèves,* de madame
de la Fayette, dont vous me ferez des ex-
traits. Nous passerons ensuite aux *Cent
Nou 'es,* de madame de Gomez, de là je
vous lancerai dans Richardson, d'Arnaud,
et enfin dans tous nos romanciers moder-

nes, qui chaque jour illustrent notre siècle par leurs innombrables et miraculeuses productions. »

La nouvelle Rosemonde fut donc entourée de tous les héros, de tous les preux qui figurent dans le monde romanesque; et, par la lecture de tous ces ouvrages, où l'exagération bannit ordinairement le naturel, elle acheva d'exalter son imagination et de se créer des fantômes. Tout son temps, toutes ses facultés, ne pouvaient suffire aux lectures qu'elle désirait faire, aux notes qu'elle s'empressait de recueillir. Son enthousiasme l'égarait quelquefois jusqu'à fatiguer sa mémoire de longs chapitres et de nombreux passages qu'elle retenait par cœur et qu'elle citait à tout moment. Bientôt, enfin, elle fut en état de lutter avec madame de Lessence, et se vit initiée dans la secte des Inspirés, dont cette dernière était entourée, et qui portaient la manie sentimentale jusqu'à se faire désigner, dans leurs conciliabules, sous les noms de Fingal, d'Oscar, de Dermide, et de tous les héros chantés par Ossian.

Pendant deux ans que dura le cours de
cette étude de haut genre, Benjamine écrivit plusieurs lettres à ses parents ; mais le
style qu'elle employait était tellement surchargé de citations, si rempli de néologis-
mes et de bouffissures, que souvent le bon
M. James n'y pouvait rien comprendre. Il
s'aperçut, mais trop tard, que madame de
Lessence, malgré tout son mérite, était la
femme du monde la moins propre à diriger
une jeune personne, et il se proposa de
faire revenir promptement Benjamine auprès de lui. Il profita pour cela de l'occasion
que lui offrait le mariage de ses deux filles
aînées, qui devaient épouser le même jour,
l'une un jeune magistrat de Bruxelles, et
l'autre un capitaine de vaisseau. Cet excellent père voulut aller lui-même chercher à
Paris sa fille chérie, pour qu'elle pût assister aux fêtes que ce double mariage devait
occasionner.

Madame de Lessence, qui depuis plusieurs mois travaillait jour et nuit à terminer un roman qui devait l'immortaliser, ne
put être du voyage. Cet heureux incident
fut favorable au projet de M. James, qui

comptait bien retenir à Bruxelles Benjamine,
à laquelle il faisait croire qu'elle revien-
drait à Paris le plus tôt possible. Ce ne fut
pas néanmoins sans peine qu'il la fit con-
sentir à se séparer de sa tendre amie; celle-
ci, de son côté, n'était pas moins désespérée
de se voir enlever sa chère Rosemonde,
qui déjà lui faisait tant d'honneur parmi les
initiés ossianiques qui composaient sa
cour; mais il fallut céder aux ordres rigou-
reux d'un père qui n'avait d'autre genre
que celui de la franchise et de la probité.
Un matin que le ciel paraissait chargé de
sombres nuages, la digne élève de madame
de Lessence, après avoir avec elle gémi,
pleuré, invoqué le ciel, échangé des tresses
de leurs cheveux, des anneaux, des brace-
lets, des portraits, et s'être juré de se
porter un attachement réciproque, jusqu'à
ce que leurs âmes se rejoignissent un jour
parmi les ombres heureuses des êtres or-
ganisés, Benjamine s'arracha des bras de
sa tendre amie, privée de l'usage de ses
sens, et fut transportée, au milieu d'une
attaque de nerfs et presque évanouie, dans
la voiture de poste de M. James, qui profita

de cet abattement sympathique de Rosemonde pour la conduire à Bruxelles, où elle
arriva le surlendemain.

La jeune voyageuse était dans le négligé
le plus sentimental : une robe de basin
blanc avait pour ceinture un large tissu de
cheveux de sa divine institutrice; l'agrafe
en était composée de deux écussons d'or
portant leurs chiffres respectifs. Un fichu
écossais, sur lequel on voyait encore em-
preintes les dernières larmes de ce modèle
des femmes sensibles, était noué sur la
poitrine oppressée de sa chère élève; un
voile noir, rabattu sur sa figure, cachait le
désordre de ses cheveux, que sa douleur
lui faisait négliger depuis son départ; sous
une simple chaîne d'acier bronzé, emblè-
me de deuil et de tristesse, pendait l'ample
collection d'anneaux d'or où se trouvaient
gravés les noms des héros chantés par
Ossian, et parmi lesquels il en était un
que lui avait remis madame de Lessence
au moment de son départ, et qu'elle assu-
rait avoir été porté par le grand *Fingal*. Ce
précieux anneau avait la vertu spécifique
de jeter l'âme dans une contemplation per-

pétuelle et d'inspirer tout ce que le sentiment a de plus tendre. Ce fut ainsi parée
des attributs et des talismans de l'amitié
que Rosemonde reparut au sein de sa famille, qui s'empressa de l'entourer et de
lui prodiguer les caresses les plus franches;
mais, comme les épanchements de la nature
n'ont point ces expressions recherchées,
ces tours de phrase romanesques, qui seuls
pouvaient atteindre au cœur de la savante initiée, elle ne répondit au tendre empressement
qu'on mettait à la revoir qu'avec ces égards
que commande la reconnaissance et ce ton
de supériorité qui craint de se compromettre.
En vain sa mère, ses deux frères et ses
sœurs la pressaient dans leurs bras et la
comblaient d'éloges, de félicitations; le
nom de Benjamine, qu'ils répétaient à tout
moment, fatiguait ses oreilles délicates, et
lui semblait une espèce de profanation. Elle
entreprit donc de les habituer au surnom
délicieux que lui avait donné sa *tendre amie,*
et leur annonça qu'elle désirait être appelée
Rosemonde; elle n'osa pas ajouter *de Saint-
James,* ce qui ne pouvait être adopté dans
la famille nombreuse et dans la ville qui

l'avait vue naître, mais elle ne réussit pas dans cette tentative. « Pourquoi donc, lui disait Charles, son frère aîné, voudrais-tu renoncer au nom de Benjamine ? N'est-ce pas celui que tu reçus en naissant, que tu portas constamment parmi nous ? — Ce nom est pour tes sœurs si doux à prononcer ! ajoutait Cécile. — Il signifie la plus chérie de la famille, disait Adèle. — Et la plus digne de l'être ! s'écria Victor en l'embrassant. — O ma chère Benjamine ! lui disait à son tour sa vertueuse mère, tu ne quitteras point un nom que j'ai choisi pour exprimer toute ma tendresse pour toi. — Que j'ai tant de plaisir à répéter, ajouta M. James, et qui, lorsque j'aurai près de cent ans, comme Jacob, me servira, j'espère, à désigner aussi l'appui, le charme et la consolation de ma vieillesse..... » Cette dernière phrase, prononcée par cet excellent homme avec l'accent de l'amour paternel, parut à Benjamine avoir quelque chose d'ossianique, et mouilla ses yeux de douces larmes. Elle renonça donc au surnom si charmant de Rosemonde, et se résigna, quoique à regret, à ne porter que celui de Benjamine.

Tous les ouvriers de la fabrique, rassemblés à l'arrivée de la fille chérie de leur bienfaiteur, s'empressèrent de venir lui témoigner le plaisir qu'ils avaient à la revoir. Cet hommage ne fut pas sans effet sur le cœur de Benjamine. Elle éprouvait qu'à l'aspect des lares paternels on retrouve en quelque sorte les habitudes de l'enfance. Elle accueillit donc tous ces braves ouvriers avec une affabilité qui fit tressaillir de joie M. James, et lui donna l'espoir de guérir sa fille de ses manies romanesques. Enfin parurent les deux gendres futurs, qui vinrent à leur tour lui présenter leurs devoirs. Le jeune magistrat, fiancé de Cécile, homme d'esprit et de bon ton, lui fit un compliment tourné avec tant de grâce, qu'elle en fut étonnée; elle félicita sa sœur sur son choix, et trouva que son futur mari avait dans la voix et la physionomie quelque chose d'*ossianique* qui lui faisait présager que sa sœur aînée serait la plus heureuse des femmes. Il n'en fut pas de même du capitaine de vaisseau, fiancé de sa sœur cadette. Ce brave marin, joyeux, franc, et surtout peu fait au jargon de la haute société, saisit

brusquement une main de Benjamine, et
lui dit : « Si vous êtes sûre du bonheur de
Cécile, moi je vous cautionne celui d'Adèle.
En achevant ces mots, il serre fortement
Benjamine dans ses bras et lui applique sur
chaque joue un gros baiser. « Dieu! s'écrie
cette dernière effrayée et prête à s'évanouir,
j'ai cru que j'étais tombée au pouvoir d'un
cruel Tartare, ou d'un pirate impitoyable.
— Qu'appelez-vous un pirate? ai-je l'air
d'un écumeur de mer? triple canon!... —
Ah! cessez, je vous prie; mes oreilles, mes
nerfs, ne pourraient résister à ce langage :
on voit bien, monsieur le marin, que, dans
tous vos voyages, vous n'avez jamais
abordé dans le délicieux *pays de Tendre*,
et vous auriez grand besoin des leçons de
l'immortel *Scudéry.* — Qu'est-ce que c'est
que ça? *Scudéry!... le pays de Tendre!...*
Je ne connais, moi, que le chemin de la
gloire, et ne prends leçon que des Du-
quesne, des Jean Bart et des Duguay-
Trouin. Je vois que ma belle-sœur et moi
nous ne sympathiserons pas ensemble :
elle a l'air d'une héroïne de roman! Adèle
s'empressa de rompre cette conversation,

qué Benjamine trouvait si étrange; et le
bon M. James, réprimant un éclat de rire,
eût volontiers embrassé son gendre futur
pour le remercier de cette leçon, un peu trop
brusque sans doute, mais dont l'effet pouvait être salutaire.

Le double mariage avait été fixé au surlendemain de l'arrivée de Benjamine. Elle
crut devoir employer le peu de temps qui
restait pour faire à sa sœur Adèle toutes
ses représentations sur les nœuds qu'elle
allait former. « Comment, ma chère, peux-
tu te décider à épouser un pareil homme ?
— Par une raison toute simple : je l'aime
et j'en suis aimée. — Tu l'aimes, juste ciel !
mais c'est un anthropophage, un véritable
loup de mer ! — C'est un ange avec moi.
Si tu savais quelle bonté touchante, quelle
âme généreuse quelle sensibilité, sont
cachées sous cette apparente brusquerie !
Mon futur est estimé dans la marine, où
déjà l'ont signalé plusieurs exploits fameux.
Il ne prend une femme que pour en faire la
compagne et le bonheur de sa vie. Sa fortune est analogue à la mienne : il a déjà
rendu et rendra par la suite d'importants

2

services à notre maison de commerce; en
un mot, il m'est cher, et je l'épouse. — Mais,
dis-moi, pauvre Adèle, as-tu bien étudié
son caractère, éprouvé ses sentiments? T'es-
tu bien assurée qu'il existait entre vous
cette divine sympathie sans laquelle le
mariage n'est qu'un vil esclavage qui ne
doit faire porter ses chaînes pesantes qu'à
ces esprits matériels, qu'à ces âmes épaisses
et grossières sur lesquelles n'a jamais lui le
moindre rayon du sentiment? — Oh! je
n'entends rien à toutes ces grandes phrases:
je fus engagée avec mon futur dès la première fois que nous nous vîmes.

— Dès la première fois!

Cette conversation fut interrompue par
M. James, qui vint les avertir qu'on les
attendait pour signer les deux contrats de
mariage. Benjamine apposa d'abord sa signature au bas de l'acte qui unissait Cécile
avec le jeune magistrat, sur lequel elle
laissa tomber un nouveau regard approbateur; mais, en signant celui d'Adèle et du
capitaine de vaisseau, sa main devint
tremblante, ses yeux se levèrent au ciel, et
plus d'une fois elle répéta tout bas: « Pauvre victime! »

Le lendemain matin, tous les ouvriers
de la fabrique se réunirent et vinrent apporter aux deux mariées des échantillons
de leurs travaux ; c'étaient deux robes de
dentelle, où le goût le disputait à la richesse. M. James avait voulu procurer à
ces braves gens cette jouissance si légitime,
et tous formèrent le nombreux cortége qui
accompagna les époux à l'église. Benjamine
y parut, ornée de tous·les talismans qu'elle
avait apportés de Paris. La singularité de
son habillement attira sur elle tous les regards. Il était composé d'une tunique vert
tendre surchargée d'une écharpe bleu de
ciel, parsemée d'étoiles d'or, et d'une
ceinture écossaise ; sa tête était nue, et ses
cheveux, séparés en deux parties égales,
retombaient en grosses boucles sur ses
épaules ; on distinguait surtout les deux
repentirs ondoyants et parfumés qui descen-
daient sur sa poitrine. Son air et son maintien étaient ceux d'une inspirée qui semble
lire dans les astres les destinées du monde.
Placée auprès d'Adèle au moment où elle
allait prononcer le serment solenel, elle ne
put s'empêcher de l'arrêter par le bras et de

lui dire à demi-voix : « Pauvre victime !
il en est temps encore. » Mais celle-ci ne
lui répondit que par un sourire, et jura la
foi de mariage avec ce calme que donne la
certitude du bonheur. Le capitaine, qui
avait entendu l'apostrophe inconsidérée de
Benjamine, fut au moment d'éclater; mais,
retenu par M. James, qui ne pouvait s'empêcher de rire, il se contint, non sans beaucoup de peine, et se promit bien de se
venger de l'inspirée. Pendant tout le repas
de noces, il ne cessa d'appeler Adèle *pauvre victime;* il proposa à tous les ouvriers
de la fabrique de boire à la santé de la
pauvre victime; et, depuis ce jour, toutes
les fois que son heureuse femme se félici-
tait devant Benjamine des liens qui l'unissaient au meilleur des hommes, il ne cessait
de répéter avec ironie, en regardant cette
dernière : « Pauvre victime !... pauvre victime ! »

La pauvre victime fut Benjamine, qui,
plus tard, fut heureuse de terminer une vie
toute triste et solitaire.

L'ARBRE DE CATINAT.

Il est au château de Saint-Gratien, situé
dans la belle vallée de Montmorency, un
arbre planté de la main du maréchal de
Catinat. C'est un marronnier, dont la grosseur prodigieuse et les vastes rameaux for-
ment un ombrage qui couvre presque dans
son entier la cour d'honneur, au milieu de
laquelle il s'élève avec majesté. Pour conserver ce monument, cher à tous les braves
et à ceux qui se signalent par de grands
services rendus à la patrie, on garnit avec
le plus grand soin la naissance de chaque
branche de ce bel arbre avec des feuilles de
tôle, pour empêcher la pluie d'y pénétrer,
et mettre son écorce à l'abri de toute atteinte. Aussi, quoiqu'il ait déjà bravé la
rigueur de plus de cent hivers, paraît-il
encore dans la vigueur de la végétation :
chaque printemps voit s'élever sa cime

superbe, qui domine tous les arbrisseaux
qui l'environnent, comme le grand homme,
surnommé par les soldats français le *Père
la Pensée,* dominait par sa sagesse et son
courage tous les guerriers que tant de fois
il conduisit à la victoire.

Autour du pied de cet arbre révéré est
un large banc de bois, sur lequel on lit un
grand nombre d'inscriptions et de noms
chers à la France. Ce banc est le rendez-
vous de tous les habitants du pays. Les
vieillards viennent dans l'hiver s'y réchauf-
fer aux rayons du soleil, s'entretiennent
avec plaisir des combats fameux de Staf-
farde et de Marseille, où Catinat se couvrit
de gloire et transmit son nom à la posté-
rité. Dans les beaux jours, les enfants s'y
rassemblent; et, par la vivacité de leurs
jeux et la joie peinte sur leurs visages, ils
paraissent, sous cet ombrage tutélaire, ani-
més des premières impressions de la valeur.
Souvent aussi les amis fidèles y viennent,
le matin, s'entretenir des vertus privées
qui caractérisaient Catinat, cité longtemps en amitié comme le modèle le plus
parfait.

Cette terre, aussi agréable par son site et sa fertilité que célèbre par le souvenir du héros dont elle faisait les délices, appartenait, il y a quelques années, à l'amiral Bruix, dont la mémoire, honorée dans la marine française, n'est pas moins chère aux arts et surtout à l'amitié... Il venait ordinairement passer à Saint-Gratien tout le temps qu'il pouvait dérober à ses importantes fonctions. Ce séjour délicieux, destiné sans doute à devenir l'habitation des hommes distingués par leur rang et leur caractère affable, avait tant de charme pour l'amiral, qu'il ne s'en absentait qu'à regret. Il habitait la chambre de Catinat, dont les croisées sont en face du bel arbre planté par ce dernier ; il couchait dans le lit gothique où reposa si longtemps le maréchal ; il se servait avec un plaisir religieux de tous les meubles dont ce grand homme faisait usage ; et, pour le rappeler entièrement au souvenir des habitants de Saint-Gratien, il ne cessait de répandre des bienfaits, et d'attirer au château tous les infortunés qu'il s'empressait de secourir, à l'exemple du héros dont il se montrait le digne successeur.

L'amiral Bruix apprit un jour, par l'un de
ses jardiniers, que depuis quelque temps
on voyait paraître, avant le lever du soleil,
aux portes du château, une jeune personne
voilée et simplement vêtue, accompagnée
d'une vieille femme de chambre qui l'attendait dans les basses-cours : que seule, elle
venait s'asseoir sous l'arbre de Catinat ; et
que là, se mettant à genoux, et tendant ses
mains vers le ciel, elle semblait lui adresser
la prière la plus fervente. L'amiral crut
voir dans cette découverte une aventure
romanesque. Se faisant donc réveiller le
lendemain par son valet de chambre avant
les premiers rayons du jour, il se tient à la
croisée, regarde à travers la jalousie, et
bientôt aperçoit l'inconnue voilée, qui
s'avance en effet jusqu'à l'arbre révéré, s'as-
sied sur le banc, plongée dans une profonde
rêverie, puis tout-à-coup se lève et paraît
animée de la plus vive inspiration. Il remarque, en observateur habile, que les mouve-
ments et la démarche de la suppliante,
qui retourne quelques minutes après vers
la femme qui l'attend, annoncent de la
grâce et de la jeunesse. Dès le lendemain,

l'amiral se fait réveiller de nouveau, se met
en sentinelle derrière une grande caisse
d'orangers, attend la pèlerine mystérieuse,
qui, à la même heure, revient se prosterner
sous l'arbre, et prononce ces mots : « O
digne élève du grand Turenne! je te voue
l'ami de mon enfance, l'époux que mon
cœur a choisi : daigne, ô Catinat! de l'heureux séjour que tu habites, veiller sur mon
cher Frédéric; guide ses pas dans le chemin de la gloire, et fais que bientôt il re-
vienne tresser avec des lauriers les chaînes
de notre union. » A ces mots, l'inconnue se
lève, et, cueillant une feuille de l'arbre, elle
la mouille de ses larmes, la dépose dans
son sein, et s'éloigne en jetant encore plusieurs regards attendris sur le monument, qu'elle paraît quitter à regret.

L'amiral Bruix, qui s'était avancé bien
doucement jusqu'au pied de l'arbre, dont
la grosseur le dérobait à la vue de la suppliante, avait entendu ce qu'elle avait
proféré avec tant d'expression : loin de voir
en elle une aventurière, il ne douta plus
que ce ne fût la prétendue de quelque
brave dont elle attendait le retour avec

impatience. Le son délicieux de sa voix, la noblesse de son maintien, et surtout la pureté de son laugage, firent soupçonner à l'amiral qu'elle était bien née et que son éducation répondait à sa naissance. Il ordonne aussitôt à l'un de ses gens de la suivre de loin et sans qu'elle puisse s'en apercevoir, de bien remarquer le chemin qu'elle pourra prendre, et enfin l'habitation où elle se rendra. On ne tarda pas à venir l'instruire qu'elle avait pris, avec la femme de chambre qui l'accompagnait, le long du parc de Saint-Gratien, et qu'elle était entrée par la petite porte d'un jardin qui se trouvait sur les bords de l'étang de Montmorency. Dès le jour même, l'amiral prit toutes les informations nécessaires. Il découvrit que cette petite porte était celle du jardin de madame de Vandeuil, veuve d'un officier d'infanterie, laquelle avait une fille unique nommée Mathilde : il sut que cette jeune personne avait été élevée au village de Saint-Gratien avec le fils d'un frère d'armes de son père, nommé Frédéric de Saint-Elme, depuis deux ans à l'armée d'Italie, et qu'il devait épouser la

jeune personne dès qu'il serait fait officier;
il sut enfin que l'intéressante et fidèle
Mathilde, à qui une succession assez considérable était échue depuis le départ de
Frédéric, se trouvait recherchée par des
partis avantageux; mais que, rien ne pouvant faire oublier la foi qu'elle avait jurée,
elle avait refusé tout autre engagement; il sut
enfin que c'était cette même Mathilde qui venait chaque matin invoquer l'ombre de Catinat sous l'arbre où tant de fois elle avait fait
à son cher Frédéric le serment de n'appartenir qu'à lui.

« Puisque cette charmante personne, se
dit l'amiral Bruix, invoque l'assistance et
l'appui de celui que je me fais un devoir
de remplacer dans cette vallée, je dois veiller sur Frédéric, et je prétends employer
tout mon crédit pour le faire avancer promptement au rang qui doit assurer son bonheur et celui de sa fidèle amie. »

Il se rendit donc à Paris peu de jours après,
alla s'informer lui-même au ministère de
la guerre du régiment où servait Frédéric
de Saint-Elme, et quel était le lieu de sa
résidence. Il apprit qu'il était fourrier dans

le 6º de dragons, qui faisait partie de la
seconde division de l'armée d'Italie. Il
écrivit aussitôt au colonel de ce régiment,
le pria de lui faire passer des renseigne-
ments sur la conduite du jeune fourrier,
réclama pour lui tout l'avancement qu'il
pourrait mériter, et termina sa lettre par
l'invitation expresse de taire à Frédéric le
nom de son protecteur. L'amiral ne tarda
pas à recevoir la réponse du colonel, qui
lui faisait l'éloge le plus complet de Saint-
Elme. Estimé de ses chefs, aimé de tous
ses camarades, il ne laissait échapper aucune occasion de se signaler par un courage d'autant plus remarquable qu'il était
accompagné de connaissances profondes
dans la tactique militaire. Le colonel terminait en assurant à l'amiral Bruix que
Frédéric serait fait maréchal des logis à la
première promotion, et qu'il saisirait avec
empressement l'occasion de le faire sous-
lieutenant dès que les hasards de la guerre
et l'ordre de la discipline le lui permet-
traient. Il lui donna en même temps sa
parole de ne point le nommer à son jeune
protégé.

M. de Bruix, enchanté de trouver dans
Frédéric toutes les qualités d'un brave et
d'un militaire instruit, se promit de ne
pas le perdre de vue un seul instant, et de
contribuer à son avancement par tous les
moyens qui seraient en son pouvoir. Il
voulut ensuite s'assurer des sentiments de
Mathilde, et se convaincre par lui-même de
sa constance. Il profita donc des nombreuses réunions qui se font pendant les beaux
jours dans la vallée de Montmorency pour
étudier la conduite de cette jeune personne.
Il s'aperçut d'abord qu'elle était peu sensible aux hommages dont elle était environnée, et crut remarquer que son âme
n'était remplie que d'une seule pensée.
L'abordant ensuite avec adresse et l'habitude qu'il avait du grand monde, il trouva
cette aimable urbanité qu'embellit la candeur, ce ton plein de grâce et cette noble
assurance qui annoncent un caractère franc,
un esprit cultivé. Voulant continuer ses
épreuves, il alla faire une visite de voisi-
nage à madame de Vandeuil, qui le reçut
avec tous les égards qu'on avait pour lui
dans la vallée. I' fit tomber la conversation

3

sur l'importance et la nécessité des nœuds
du mariage, peignit l'embarras où se trouve
une jeune personne très-recherchée pour
former un choix digne d'elle. Puis, s'adressant à Mathilde, il lui dit : « C'est comme
vous, Mademoiselle : pourrez-vous bien
distinguer celui qui mérite le plus de l'em-
porter sur ses rivaux? — Oh! répondit
Mathilde en laissant échapper un soupir, je
ne crains pas de me tromper; le vrai moyen,
c'est de ne s'attacher qu'à celui que l'on
connaît dès l'enfance, et de ne jamais changer, quelque brillants que soient les autres
avantages qui se présentent. »

Cependant l'amiral, voulant poursuivre
son projet, annonce à madame de Vandeuil
qu'il est chargé d'augmenter encore le nombre des prétendants à la main de son adora-
ble fille, et qu'il vient la demander en mariage
pour un officier de marine, son parent,
jeune homme de la plus haute espérance.
« Cette demande m'honore autant qu'elle
me flatte, répondit madame de Vandeuil;
mais c'est à ma fille à répondre. — L'honneur d'appartenir à un parent de M. l'amiral,
ajouta Mathilde, serait sans doute pour moi

le présage de l'union la plus heureuse;
mais depuis longtemps mon cœur a fait un
choix. — Pourrais-je, sans indiscrétion,
Mademoiselle, connaître celui qui s'en
trouve honoré? — C'est le fils d'un frère
d'armes de feu mon mari, répondit madame
de Vandeuil, le jeune Frédéric de Saint-
Elme, en ce moment à l'armée. — Et sans
doute il y occupe un poste distingué? —
Du tout, monsieur l'amiral, reprit Mathilde
avec le plus aimable sourire; mon illustre
prétendu n'est qu'un fourrier de dragons.
— Vous m'étonnez, Mademoiselle; avec
autant d'attraits en partage et les avantages
de la fortune... — Ces avantages ne me
sont échus que depuis l'absence de Frédéric;
ils n'ont pu changer mon cœur; et, s'il fallait
renoncer à l'ami de mon enfance, à celui
que mon père a tant de fois nommé son
fils, j'aimerais mieux reprendre mon heureuse obscurité. — Cependant, Mademoiselle, il faut un rang dans le monde. —
Aussi, reprit madame de Vandeuil, ne me
suis-je engagée à marier ma fille que lorsque Frédéric serait officier. — Je conçois
que, enflammé par l'espoir d'obtenir Made-

moiselle, il doit faire des prodiges de valeur ;
mais l'occasion de se signaler ne se présente pas toujours, et peut-être sera-t-il
longtemps encore... — Eh bien ! monsieur
l'amiral, j'attendrai. — Comment? tout
autre parti qui se présenterait ne pourrait
vous faire changer de résolution? — Jugez
à quel point elle est irrévocable, puisqu'elle
me fait renoncer à l'alliance que vous daignez me proposer. — Je vois, Mademoiselle,
que je n'ai plus qu'un vœu à faire, c'est de
vous voir bientôt unie au jeune brave que
tout annonce être digne de vous. »

M. de Bruix, convaincu par cette épreuve
de toute la constance de Mathilde, certain
que les liens qui l'attachaient au jeune de
Saint-Elme étaient indissolubles, sollicita
de nouveau le colonel de ce dernier d'accé-
lérer son avancement. Il obtint d'abord
qu'il fût fait maréchal des logis; cette nouvelle parvint à madame de Vandeuil, à
qui Frédéric adressait toutes ses lettres pour
Mathilde; celle-ci, dans l'ivresse de sa joie,
ne cessait de répéter : « Il ne lui faut plus
qu'un grade pour être mon époux... »

Madame de Vandeuil lui proposa de profi-

ter de cette occasion pour rendre leur visite à
l'amiral Bruix, et lui faire part de cet heureux événement. Elles étaient loin de se
douter qu'il avait été préparé par cet excellent homme, qui leur fit l'accueil le plus
affable, et leur dit que, si le nouveau
maréchal des logis eût aussi bien servi
dans la marine que dans l'armée d'Italie,
il aurait eu le plus grand plaisir à le faire
monter au grade qui devait combler tous ses
vœux. Tout en conversant ainsi, l'amiral
proposa à ces dames une promenade, et,
les conduisant du côté de l'arbre de Catinat,
il leur offrit de se reposer un instant
sous son ombrage. Elles acceptèrent. « C'est
ici, dit madame de Vandeuil, que Frédéric
et Mathilde, encore enfants, apprirent à
s'aimer. Leurs jeux innocents, leurs pen-
chants mutuels, leur amour, leurs serments, tout est mon ouvrage. — Oui, dit à
son tour Mathilde avec le plus touchant
abandon, c'est sur ce banc, à cette place
que j'occupe, que Frédéric me disait encore,
le jour de son départ : « Je veux, pour être
digne de vous, suivre l'exemple du héros
qui semble nous couvrir de son ombre

tutélaire. Ah! si dans mon absence vous portez quelquefois vos pas vers cet arbre protecteur, invoquez pour votre ami les restes du grand homme qu'il nous rappelle; et, si j'ai le bonheur de faire quelque belle action, venez l'en remercier, et dites-lui bien qu'on ne pouvait moins attendre d'un enfant de la vallée, élevé sous l'arbre de Catinat. » L'amiral connut par ces mémorables paroles le motif secret du pèlerinage que chaque matin Mathilde faisait à ce cher monument; et, cachant toujours avec adresse qu'il était instruit de tout, il conduisit madame et mademoiselle de Vandeuil dans le parc de Saint-Gratien, où Mathilde trouvait à chaque pas la trace et le souvenir du tendre compagnon de son enfance.

Plusieurs mois s'écoulèrent; la guerre recommençant avec plus de fureur, Frédéric, obligé de suivre les différentes marches de l'armée, fut assez longtemps sans écrire à madame de Vandeuil. Mathilde, accablée de ce cruel silence et tourmentée par les nouveaux dangers qui menaçaient son ami, tomba dans une tristesse si profonde, que sa mère en fut alarmée. Cette jeune per-

sonne ne trouvait plus de consolation qu'en
se rendant tous les matins à l'arbre, où sa
prière devenait chaque jour plus longue
et plus fervente. Enfin, un soir qu'elle
lisait à sa mère un éloge du maréchal de
Catinat, et qu'elle se plaisait à trouver dans
la jeunesse de ce grand homme une analo-
gie parfaite avec celle de Frédéric, arrive
une lettre de ce dernier, dont elle reconnaît
l'écriture. Madame de Vandeuil l'ouvre en
tressaillant et lit ces mots : « Je vous écris
à la hâte sur le champ de bataille; la victoire des Français est complète, et je viens
d'être fait sous-lieutenant... Peut-être sui-
vrai-je de près cette lettre. O vous que dès
mon enfance j'appelai du doux nom de
mère, et vous, ma sœur, ma bien-aimée, ma
chère Mathilde, me voilà donc enfin digne
de vous appartenir!

» Frédéric de SAINT-ELME. »

« Il est officier! s'écrie Mathilde respi-
rant à peine; il est officier! répète-t-elle
avec délire à la vieille femme de chambre
et à tous les domestiques qui l'entourent;
mes amis, nous le reverrons bientôt... Peut-

être suivra-t-il de près sa lettre. — Brave et
bon Frédéric! dit madame de Vandeuil, qui
partageait la joie de sa fille, je pourrai donc
te nommer mon fils! Il faut, continua-t-
elle, faire part de cet événement à l'amiral;
il nous a témoigné trop d'intérêt pour ne
pas le lui annoncer nous-mêmes. Il est trop
tard pour nous présenter au château; mais
demain, à l'heure de son déjeuner... —
Oui, maman, nous irons toutes les deux...
et nous nous arrêterons un instant à l'arbre
de Catinat. »

Madame de Vandeuil et sa fille se rendirent donc le lendemain chez M. de Bruix,
qui feignit d'être surpris de cette nouvelle
promotion, qu'il avait sollicitée et dont il
venait d'être instruit à l'instant même par
le colonel. « Eh bien! Monsieur, lui dit
Mathilde, j'étais bien sûre que Frédéric ne
tarderait pas à parvenir au grade d'officier.
— Il ne peut devoir un avancement aussi
rapide, répondit Bruix, qu'à son mérite
personnel et à plusieurs actions d'éclat
— Oh! qu'il me tarde de les lui faire raconter toutes! Mais comment se pourrait-il
qu'il suivît de près sa lettre? — C'est

qu'apparemment, répondit Bruix avec
intention, son colonel l'aura choisi pour
l'officier d'ordonnance chargé d'apporter
à Paris la nouvelle de la victoire. — Oh !
l'aimable homme que ce colonel ! — Ce n'est
qu'une supposition, Mademoiselle ; il ne
faut pas trop vous livrer à cette douce
idée... » Comme ils s'entretenaient ainsi,
entre éperdue et hors d'haleine la vieille
femme de chambre de madame de Vandeuil,
qui criait du bas de l'escalier : « Madame...
Mademoiselle... il est arrivé ! il est arrivé !...
— Serait-il vrai ? s'écrie Mathilde dans la
plus vive agitation. — Je l'ai vu, vous dis-
je... il m'a permis de l'embrasser... Je
crois, Dieu me pardonne, qu'il est encore
plus beau garçon que lorsqu'il est parti.
— Courons, maman, courons ! — Mais at-
tendez-moi donc, ma fille. — Je doute, Madame, lui dit en riant l'amiral, que vous
puissiez suivre Mademoiselle ; elle ne nous
voit plus, ne nous entend plus... Mais veuillez accepter mon bras ; je partage votre
joie, et je brûle de connaître cet heureux
Frédéric. » Ils marchent donc sur les pas
de Mathilde, qui, d'abord emportée par le

premier élan de son cœur, s'était pourtant
arrêtée avec la femme de chambre à la
porte du jardin, réfléchissant que la pudeur
et la bienséance ne lui permettaient de
revoir son prétendu qu'en présence de sa
mère. Cependant Frédéric, les apercevant
de loin, accourt au-devant d'elles, presse
dans ses bras madame de Vandeuil, et lui
demande la permission d'embrasser Mathilde.
L'émotion de cette dernière redouble au
point qu'elle peut à peine se soutenir, et,
s'appuyant sur le bras de M. de Bruix, elle
lui dit en désignant Frédéric avec une noble
fierté : « Eh bien! monsieur l'amiral, êtes-
vous encore surpris de ma constance? »
A cette qualification, Frédéric s'avance avec
respect en disant : « Souffrez, monsieur
l'amiral, que je me félicite d'avoir pour
témoin du plus doux moment de ma vie
l'un des premiers soutiens de la marine
française. — Croyez, Monsieur, que, après
ces deux dames, personne n'éprouve à vous
voir ici plus de plaisir que moi. — En moins
de trois mois, répétait Mathilde avec ivresse, en moins de trois mois, de simple fourrier devenir sous-lieutenant! — Et pouvais-

je trop me hâter de cueillir des lauriers
pour mériter le prix qui m'était réservé!
Mais je dois moins ce titre honorable à
quelques actions d'éclat, si communes chez
les Français, qu'aux bontés de mon colonel,
qui, sachant le motif qui me faisait désirer
de revenir à Paris, a daigné me proposer
au général en chef pour apporter les dépê-
ches. Non, jamais on ne témoigna d'intérêt
plus tendre, jamais on ne prodigua plus de
soins et d'encouragements; un père n'eût
pas fait plus pour son fils. — Je vois, se
dit tout bas l'amiral, que mes lettres ont
produit leur effet. — Mais, ajouta madame
de Vandeuil, pouvons-nous espérer, cher
Frédéric, vous conserver quelque temps
parmi nous? — Tout ce que j'ai pu obtenir,
c'est un congé de deux mois. — C'est bien
peu, reprit Mathilde involontairement. —
Raison de plus, dit M. de Bruix, pour ac-
célérer le mariage de ce couple fidèle. —
C'est le plus ardent de mes vœux, reprit
madame de Vandeuil, et je vais m'occuper
sans relâche des préparatifs de ce beau
jour. Monsieur l'amiral ne nous refusera
pas, j'espère, de l'honorer de sa présence?

—Madame, je m'en fais un devoir. — Devenu par vos bienfaits le père des habitants de cette vallée, ajouta Mathilde du ton le plus pénétrant, daignez représenter celui que j'ai perdu, en me conduisant à l'autel. Ne me refusez pas d'embellir le plus beau jour de ma vie. — J'accepte, dit l'amiral avec expression et lui baisant les mains; oui, Mathilde, je tâcherai de représenter votre respectable père. — Mais, avant tout, dit Frédéric, il faut que je demande une audience au ministre de la guerre pour obtenir son consentement. — Il est de mes amis, dit l'amiral; quelques affaires particulières m'appellent également à Paris; arrivant d'aussi loin à franc étrier, vous devez être accablé de fatigue; je vous offre de vous mener demain dans ma calèche et de vous conduire moi-même dans le cabinet du ministre. — Que je suis touché, monsieur l'amiral, de toutes vos bontés ! — A demain donc, à neuf heures précises. » A ces mots, Bruix se retire en jetant encore un regard d'intérêt sur ce couple charmant, dont il était ravi d'être le protecteur inconnu.

Le lendemain il vint prendre Frédéric à

l'heure convenue et le conduisit à Paris
dans sa voiture. Ils ne cessèrent pendant
toute la route de parler de Mathilde. Frédéric ne put s'empêcher d'avouer qu'il
avait beaucoup souffert de la fortune
survenue à son amie par le testament d'un
parent éloigné, et qu'il avait craint que,
n'ayant pour dot que son amour et son
épée... « Vous ne connaissez pas encore,
lui dit Bruix, tout le prix du trésor qui va
vous appartenir. Moi-même, ignorant les
serments qui déjà vous unissaient, j'ai
voulu, pendant votre absence, marier Mathilde à l'un de mes parents, dont le rang
dans la marine égale l'opulence; mais elle
m'a répondu qu'il n'était aucun avantage
qui pût lui faire oublier l'ami de son enfance. — Oh! reprit Frédéric, combien ce
dernier trait me rend heureux! et comment
pourrais-je l'entourer de tout le bonheur
qu'elle mérite! » Arrivés à Paris, ils se
rendirent auprès du ministre de la guerre,
qui, sur l'assertion de l'amiral, accorda au
jeune sous-lieutenant la permission d'é-
pouser mademoiselle de Vandeuil, et lui
remit une somme de six mille francs,

comme une récompense accordée aux
actions d'éclat qui l'avaient signalé dans
la dernière campagne. L'heureux Frédéric,
en sortant de chez le ministre, court aussitôt les marchands et fait préparer une
corbeille de mariage où il réunit tout ce
que la mode et le goût peuvent inventer;
et, pour mieux surprendre sa chère Mathilde, il demanda à l'amiral la permission
de déposer cette corbeille au château de
Saint-Gratien, jusqu'à la veille du jour
qui serait fixé pour son mariage. Madame
de Vaudeuil, qui, de son côté, avait fait
les préparatifs nécessaires, décida que cette
union serait célébrée le mardi suivant. Elle
y invita toute sa famille et les principaux
habitants de la vallée : elle voulut même
que tous les bons agriculteurs du village
de Saint-Gratien partageassent la joie de ce
beau jour, et fit à cet effet dresser dans ses
jardins une longue tente, sous laquelle
devaient avoir lieu le banquet de ces braves gens et la danse générale. Mathilde, qui
secondait sa mère dans tous ces préparatifs,
s'attendait à ne recevoir de Frédéric aucun
présent de luxe; mais quelle fut sa sur-

prise, lorsque, la veille du mariage, elle trouva dans son appartement une corbeille de satin blanc, sur laquelle étaient brodés en or son chiffre et celui de son époux ! Elle s'empresse de l'ouvrir, y trouve un cachemire blanc, un demi-voile d'Angleterre, une parure de corail et un assortiment complet de tout ce qui compose la toilette. Au fond était un petit écrin de maroquin rouge, garni de velours blanc, qui contenait un collier composé de deux rangs de perles fines et d'un écusson d'émail, entouré de brillants, au milieu duquel était écrit en lettres d'or : *Constance*... Mathilde porte aussitôt cette corbeille à sa mère, et, trouvant auprès d'elle Frédéric, lui adresse des reproches sérieux sur sa prodigalité. Il s'excuse en lui apprenant l'honorable récompense qu'il a reçue du ministre de la guerre, et dont il ne pouvait, disait-il, faire un meilleur emploi. « Passe encore, répondit Mathilde, pour quelques chiffons de goût ; mais un châle aussi riche ! Frédéric peut-il me traiter comme ces jeunes folles qui ne se marient que pour avoir un cachemire ? Et puis, des diamants... — Que voulez-vous dire ? répondit Frédéric avec étonnement. — Eh ! oui : ce collier dont la devise heureuse n'avait pas besoin, pour m'être chère, de tous ces brillants qui l'entourent. — Ce présent n'est pas de moi : j'avoue, sans rougir, qu'il eût outrepassé mes faibles moyens. Il ne peut venir que de l'amiral Bruix, que j'avais mis dans ma confidence, et chez qui la corbeille est restée depuis notre retour de Paris. » Comme il achevait ces mots, entre l'amiral, à qui Mathilde témoigne son étonnement et son embarras. « Ne m'avez-vous pas choisi, lui répondit cet homme aimable, *pour représenter votre père ?* »

Enfin luit le jour tant désiré : c'était au milieu du mois de mai. Frédéric s'empresse d'aller, avec les plus proches parents de madame de Vandeuil, chercher au château l'amiral Bruix, qui se rend auprès de la mariée en grand uniforme et accompagné de plusieurs enseignes de vaisseau qui servaient sous ses ordres. Tous les villages des environs s'étaient réunis à l'église de Saint-Gratien, où Mathilde se rend, conduite par l'amiral. Frédéric, en grande

tenue, donne la main à madame de Vandeuil ; ils sont suivis d'un nombreux cortége
de parents, d'amis et de voisins. Le mariage
se célèbre au milieu de la satisfaction générale de tous les assistants ; les nouveaux
époux sont reconduits chez eux, et reçoi-
vent les félicitations de toutes les personnes
qui se trouvent sur leur passage. Après ces
mutuels épanchements qu'inspire dans les
familles le premier moment d'une alliance,
on passe dans la salle où le banquet est
préparé, et l'on se met à table. Mathilde,
placée entre l'amiral et son mari, trouve
sous son couvert un paquet cacheté portant cette adresse : « A madame de Saint-
Elme. » Elle se hâte de l'ouvrir et lit cet
écrit, en entier de la main du ministre de la
guerre :

« D'après le rapport qui nous a été fait
des services honorables de Frédéric de
Saint-Elme, sous-lieutenant au sixième
régiment de dragons, et de plusieurs actions
remarquables qui annoncent en lui l'un des
officiers les plus distingués de son corps,
nous prorogeons de quatre mois le congé
délivré par son colonel, et lui accordons, à

partir de ce jour, un semestre entier pour
se reposer des fatigues de la dernière campagne, et jouir, au sein de sa famille, de
la récompense due au mérite et à la valeur. »

Mathilde ne peut achever cet écrit sans
la plus vive altération. Frédéric, non moins
ému qu'elle, se lève et s'écrie avec l'élan
de la reconnaissance : « C'est encore un
bienfait de l'amiral ! — Vous ne pouviez,
lui dit Mathilde, me faire un présent de
noces qui me fût plus cher. » A ces mots
elle se lève, ainsi que Frédéric, et tous les
deux pressent dans leurs bras M. de Bruix,
qui, les yeux mouillés de larmes, répète à
Mathilde avec l'expression la plus touchante : « *Ne m'avez-vous pas choisi pour
représenter votre père ?*

LE JOURNAL DES MODES.

La mode est une divinité qui soumet tout
à son empire, à son caprice. Pour elle on

se met à la gêne, ou sacrifie son repos, on expose sa santé, souvent même jusqu'à sa vie. C'est sur les femmes surtout que la mode exerce le plus particulièrement sa puissance. Avec ces mots : *C'est la mode,* on répand à toutes les objections, on légitime toutes les extravagances, et l'on se croit à l'abri du reproche et de la critique toutes les fois qu'on peut dire : *C'est la mode.* Chaque époque a ses ridicules, ses aberrations plus ou moins dangereuses; nous en trouvons un exemple frappant dans cet épisode, emprunté au temps qui suivit l'Empire.

Emma, fille de M. de Linval, administrateur des domaines, était une des esclaves les plus soumises de la mode. Il ne paraissait pas la moindre nouveauté dans Paris, qu'aussitôt l'élégante Emma ne s'empressât de l'adopter. Jeune, pleine d'aisance dans ses manières, elle donnait à tout ce qu'elle portait une grâce si parfaite, que les choses même les plus extraordinaires lui allaient à ravir et semblaient n'avoir été inventées que pour elle.

La fortune et la tendresse aveugle de

M. de Linval procuraient à la jeune demoiselle tous les moyens de satisfaire ses
désirs. Aussi, dans les cercles, la regardait-
on comme l'observatrice la plus fidèle de
tout ce que l'art de la toilette pouvait créer :
la mise, la chaussure, la couleur et la forme
des vêtements, et jusqu'au plus petit chiffon
qui composait sa toilette, tout en elle était
remarquable. Les jeunes personnes de son
âge la prenaient pour modèle et s'empressaient à l'envi d'imiter toutes les modes
qu'à peine elle avait commencé à suivre ou
qu'il lui plaisait d'inventer.

Tant de gloire et de renommée flattait la
vanité d'Emma. Elle se croyait un person-
nage très-important, se regardait comme
l'oracle du bon goût. Entrait-elle dans un
riche magasin de soieries, elle tranchait,
commandait en souveraine, faisait déplier
cent pièces d'étoffes avant de se déterminer
à former un choix, trouvait détestable ce
qu'il y avait de plus beau, et finissait quelquefois par s'arrêter aux marchandises de
rebut, mais qui lui semblaient préférables
par leur bigarrure et leur singularité. Se
présentait-elle chez une des marchandes

de modes les mieux assorties, elle essayait vingt chapeaux l'un après l'autre; n'en trouvant pas un seul qui lui convînt, elle en commandait un nouveau, surchargé de tulle, de plumes ou de fleurs, recommandant expressément qu'on ne le fît voir à personne, et surtout qu'il fût prêt le plus promptement possible.

Dès le lendemain, elle revenait et trouvait affreux le même chapeau qui, la veille, avait été l'objet de ses désirs. La marchande lui faisait en vain observer qu'il était absolument conforme à ses ordres. « Je ne nie pas l'avoir commandé, répondait Emma du bout des lèvres et n'articulant ses mots qu'à moitié; mais, en fait de chapeaux, je ne veux porter que ceux qui me plaisent le plus. — J'aurai pourtant l'honneur d'assurer à Mademoiselle que celui-ci lui sied... — Horriblement! Je m'y connais, vous le savez; et, quoique jeune encore, j'ai déjà plus essayé de chapeaux que vous n'en avez fait. — Je demande mille pardons à Mademoiselle; mais, si elle voulait se donner la peine d'examiner celui-ci... — Eh non, vous dis-je; la couleur amarante ne va pas

du tout à une blonde, qui, naturellement, a
l'air doux, le regard timide et modeste. —
Mademoiselle préférerait-elle le lilas? —
Le lilas... c'est bien fade. — Le bleu-lapis?
— Eh bien ! voyons le lapis... mais c'est
si commun... Avant-hier, au bal des Étrangers, une de mes amies parut en lapis, et
la demi-heure qu'elle a dansé a suffi pour
me dégoûter de la couleur. Tout bien décidé,
je ne prendrai qu'un simple chapeau de
paille d'Italie. — J'en ai justement de très-
beaux dans mon magasin, et les ai envoyé
chercher. — Vous donnerez au mien une
forme tout-à-fait neuve, et jetterez sur le
côté une couple de roses. — De quelle
couleur, Mademoiselle? — Bleues. — Comment? — Oui, bleues; cela sera piquant :
je prétends mettre les roses bleues à la
mode. — Mais Mademoiselle n'ignore point
qu'il n'y a pas de roses bleues, et que cette
couleur... — Sera remarquée et fera époque : c'est justement ce qu'il me faut. Nous
autres élégantes, n'imitons jamais, et nous
nous sommes là-dessus prescrit des règles...
Eh bien ! où sont donc ces pailles d'Italie?
— Je vous fais mille excuses, Mademoi-

selle ; mais les commissionnaires sont quelquefois si lents dans leurs courses l J'ai
pourtant bien recommandé aux miens de
se hâter, lorsque je les ai envoyé chercher
ces chapeaux... Mais les voici. »

On défait les caisses à la hâte. Emma
trouve d'abord les pailles de la plus grande
beauté, en pose plusieurs sur sa tête et
leur donne mille formes différentes; puis,
tout-à-coup, elle les jette. « Tout bien con-
sidéré, reprend-elle avec sa nonchalance
minaudière, ce ne sera ni la paille d'Italie,
ni le lapis qui fixera mon choix, je meurs
d'envie de revenir à la couleur amarante
que vous m'avez conseillé de prendre. —
Je crois, en effet, que c'est ce qui va le
mieux à la fraîcheur de votre teint. — Cependant ne trouvez-vous pas que cela me
donne des couleurs trop animées? j'ai l'air
d'une harengère; fi! l'horreur!... Tenez,
Madame, je ne me sens en train de rien choi-
sir aujourd'hui.. Demain, peut-être... non,
non, après-demain, à pareille heure, en-
tendez-vous?... Après-demain. » En achevant ces mots, la jeune dédaigneuse sort,
monte en voiture, après avoir culbuté deux

immenses magasins, et disant partout
qu'on ne trouvait plus rien chez les marchands.

On se doute aisément, d'après tous ces
détails, que le tailleur d'Emma ne devait
pas moins supporter de caprices et de con-
tradictions. Je dis le *tailleur*, parce qu'une
élégante, à cette époque, ne pouvait pas
décemment dire *ma couturière :* c'était un
terme trop bourgeois.

Cependant le prétendu tailleur de notre
observatrice de la mode n'était autre chose
qu'une ancienne femme de chambre de sa
mère, qui faisait des robes pour un grand
nombre de femmes de la cour, ce qui n'avait
pas peu contribué à lui conserver Emma
au nombre de ses pratiques. Cette couturière, adroite et rusée, se donnait bien de
garde de faire la moindre observation, et se
prêtait à toutes les extravagances de la
jeune fille : tantôt elle apportait à Emma
une robe dont la longueur était extraordi-
naire, puis, tout-à-coup, une autre très-
courte qui ne descendait tout au plus qu'à
huit pouces au-dessus du talon. Une autre
fois, c'était un vêtement à manches très-

serrées, et ne couvrant qu'à peine la moitié
de l'épaule ; peu de jours après paraissaient
d'autres manches énormes, tombant jusqu'au bout des doigts, et d'une largeur prodigieuse ; mais ce qu'on observait réguliè-
rement, ce qu'Emma recommandait par-
dessus toutes choses, c'était de donner à
chaque vêtement le moins d'ampleur possible ; il fallait que la robe la plus riche fût
collée sur le corps et ne formât qu'un sac
étroit, qui, bridant sans cesse, empêchait
l'élégante qui s'y trouvait emprisonnée de
faire le moindre mouvement sans déchirer
l'étoffe ou faire partir les coutures. Il fallait
enfin que ces robes délicieuses fussent
encore plus décolletés par derrière que par
devant, de manière à laisser apercevoir au
moins la moitié de l'épine du dos et le jeu
continuel des omoplates ; mais, pour jouir
de tous ces rares avantages et pouvoir atteindre à cette sublimité du bon goût, il
était indispensable d'avoir une chemise
sans manches, et l'on ne pouvait se permettre tout au plus qu'une petite jupe de
batiste, on avait, par ce moyen, les bras
nus jusqu'aux épaules, les reins très-peu

couverts, la poitrine continuellement exposée à l'air, et gonflée au moyen d'un corset mécanique qui serrait le bas de la taille à empêcher la respiration. On était au supplice, à la vérité ; on ne pouvait se tourner que d'une pièce ; et, si par malheur on laissait tomber son mouchoir qu'il fallait tenir à la main faute de poche, impossible de le ramasser... mais on avait la jouissance de dire : *C'est la mode !*

Le plus grand inconvénient de toutes ces extravagances était la perte de la santé. Le moyen qu'une femme, dont les organes sont si délicats, puisse résister pendant l'hiver, et dans le climat que nous habitons, à recevoir toutes les impressions du froid et de l'humidité ! C'est surtout à la sortie des grandes réunions que, passant tout-à-coup d'une chaleur concentrée à une température glaciale, ces malheureuses victimes de la mode payaient cher leur imprudente nudité. Que de jeunes mères de famille, que d'uniques héritières, le charme et l'espoir de leurs parents, que de femmes célèbres par leurs talents et leur beauté, auxquelles la funeste prérogative de briller un instant,

de fixer les regards d'un public insensé,
d'étaler en un mot une mode nouvelle, a
coûté la santé et même la vie!

Emma ne fut pas plus que les autres à
l'abri des effets inévitables de cette dange-
reuse manie : plusieurs transpirations sup-
primées, quelques rhumes dégénérés en
catarrhe, attaquèrent sa poitrine, au point
que tout fit craindre pour ses jours. M. de
Linval reconnut alors, mais trop tard, sa
trop grande condescendance aux caprices
de sa fille, qui bientôt se repentit elle-
même de son culte trop constant pour la
nouveauté, en voyant ses beaux bras se
dessécher, ses yeux perdre leur éclat et
leur vivacité, son teint pâlir, son enjouement se changer en une tristesse invincible,
et ses forces diminuer chaque jour. Oh!
combien elle regretta d'avoir aussi cruel-
lement abusé de tous les dons que lui
avait prodigués la nature! combien elle
maudit la mode et s'étonna de l'empire
absolu qu'elle exerce! combien surtout
elle fit à son père de reproches déchirants!
Car telle est l'injustice des enfants, que
souvent ils font un crime à leurs parents de
leur excès de tendresse.

Cependant les soins multipliés et les secours de l'art apportèrent un adoucissement aux maux cruels qu'éprouvait Emma, et finirent par écarter, au bout de quelque temps, les dangers qui menaçaient ses jours ; mais il resta à la jeune convalescente une faiblesse de poitrine qui exigea les plus grandes précautions. On proscrivit donc les chemises sans manches, les robes décolletées et tout ce que la mode pouvait inventer : on les remplaça par une bonne douillette fourrée, par des chemises de percale à longues manches et un jupon de dessous en laine tricotée. On couvrit sa tête d'un chapeau de velours, et on substitua aux minces chaussures de taffetas ou de satin blanc des souliers à double couture ou des brodequins assez forts pour préserver du froid et de l'humidité.

Peu à peu la convalescente reprit sa force première, son embonpoint revint, la fraîcheur naturelle de son teint reparut et en dissipa l'extrême pâleur ; ses yeux reprirent leur expression, leur vivacité ; enfin Emma redevint telle qu'elle était avant sa longue maladie.

On oublie aisément en bonne santé les promesses que les souffrances nous ont fait faire. Emma, brillante de force et de fraîcheur, ne put résister entièrement aux attraits de la mode; et, sans en être l'esclave aussi fidèle qu'autrefois, elle ne laissait pas de lui rendre quelques hommages. D'abord le chapeau de velours fut supprimé : il était trop lourd, et surtout couvrait entièrement la figure. Ensuite on quitta les souliers à double couture, ils blessaient les pieds, ils auraient fini par donner des cors. Enfin on se débarrassa de la douillette fourrée : le printemps qui commençait la rendait assommante; mais la raison véritable, c'est qu'elle cachait l'élégance de la taille et les bras.

Insensiblement la mode reprit en partie son empire : et, lorsque M. de Linval faisait à sa fille des remontrances sur ses nouvelles fantaisies, et lui rappelait à ce sujet les reproches pénibles qu'elle n'avait cessé de lui adresser pendant sa maladie, Emma, se jetant à son cou et lui fermant la bouche par un baiser, lui disait : « Tant que je fus convalescente, mon bon petit père, j'ai suivi exactement tout ce que tu m'as prescrit, je me suis imposé toutes les privations que tu m'as ordonnées; mais à présent que j'ai recouvré ma santé, permets-moi d'en user un peu sans l'exposer. Depuis trois mois il a paru des nouveautés ravissantes, et je les ai laissées passer sans leur rendre hommage. Il est bien juste que tu m'accordes quelque dédomagemment. — J'y consens, répondit le père trop confiant et trop tendre; mais songe à tous les dangers que tu as courus, aux tourments, aux chagrins dont ils m'ont accablé; songe enfin à ta conservation : c'est te demander de songer à la mienne. »

Le printemps et l'été se passèrent sans que la jeune élégante, qui souvent prouvait son penchant irrésistible pour la mode, eût à se repentir des fréquentes imprudences qu'elle commettait à l'insu de son père; mais, au commencement de l'automne, Emma fut encore atteinte d'une douleur de poitrine qui, sans être inquiétante, exigea néanmoins de nouvelles précautions. On regarda comme dangereux pour elle de passer à Paris l'hiver qui approchait; les

médecins consultés furent d'avis qu'il
serait sage de l'envoyer, pendant cette
saison rigoureuse, voyager dans le midi de
la France.

M. de Linval avait précisément un frère
établi à Beaucaire : c'était un des plus riches
négociants de cette ville. Il proposa à sa
fille d'aller passer chez son oncle toute la
mauvaise saison, afin d'achever de rétablir
sa santé, dont on aurait tous les soins
imaginables. Emma, quoique bien convaincue que ce séjour lui serait salutaire,
répugnait à aller habiter une petite ville à
plus de cent cinquante lieues de Paris.
Que faire pendant une si longue absence ?
avec qui pouvoir causer modes, bijoux,
toilette, etc. ? aux yeux de qui faire briller
son bon goût, son tact, son élégance ?
C'était s'exposer à mourir d'ennui, c'était
véritablement s'enterrer vivante.

M. de Linval, qui déjà roulait dans sa
tête un projet assez plaisant, s'imagina,
après avoir employé mille instances auprès
de sa fille, qu'il pourrait la déterminer à
ce voyage salutaire en flattant son amour-
propre et surtout son penchant pour la

mode. Il lui proposa donc de partir accompagnée d'une femme de chambre adroite et
intelligente, qui lui ferait tous les chiffons
et toutes les robes qu'elle désirerait; et,
afin que son éloignement de Paris ne la
privât pas de tout ce que le goût pourrait
y faire naître, il lui offrit de l'abonner au
Journal des Modes, qui chaque semaine ré-
pandait dans toute la France les nouveautés
dont s'enrichissait la capitale. « J'ajouterai
à cet envoi, dit M. de Linval à sa fille, les
étoffes, rubans, chapeaux et parures qui
seront annoncés; et, comme tu en auras
la gravure fidèle dans le journal, ainsi que
le détail savant et nécessaire à la confection
de tous ces chefs-d'œuvre du bon ton, il
te sera facile d'être toujours à la mode,
quoique éloignée de Paris; d'ajouter et
d'inventer toi-même ce qu'aussitôt exécu-
tera ta femme de chambre. Songe bien que,
d'un autre côté, cela te procurera l'avantage de donner le ton à toute une ville, de
voir les dames de Beaucaire t'imiter à
l'envi, reconnaître en toi la favorite du
goût, t'entourer de leurs hommages et de
leurs félicitations. »

Emma fut séduite par cet espoir flatteur.
Quelque recherchée que l'on soit dans sa
toilette, il faut une fortune immense pour
briller à Paris; mais, dans une ville de
province, un rien séduit, tout est remarqué;
la chose la plus simple éblouit, par cela
même qu'elle est portée avec grâce. Notre
jeune élégante accepta donc l'offre de son
père, et alla elle-même s'abonner au *Journal des Modes*, afin qu'il lui parvînt exactement à Beaucaire. Ces dispositions prises,
elle se sépara de son père, non sans verser
quelques larmes, et se mit en route, surchargée d'étoffes nouvelles, de chapeaux
et de rubans modernes, avec lesquels elle
voulait faire chez son oncle une entrée
triomphale, et se montrer digne de la réputation qui l'y avait devancée.

M. de Linval, qui joignait aux qualités du
meilleur des pères la finesse et la gaieté
d'un homme aimable, fut, le jour même du
départ d'Emma, s'entendre avec le rédacteur du *Journal des Modes*, pour faire insérer
dans l'exemplaire qui devait parvenir à sa
fille tout ce qui pourrait à la fois améliorer
sa santé, et surtout la guérir de cet insatia-

ble amour pour la mode qu'elle poussait jusqu'au ridicule.

Ce journal, alors en très-grande vogue parmi les dames, paraissait une fois tous les cinq jours. Il était ordinairement composé de huit pages, et orné d'une ou plusieurs planches enluminées, qui donnaient une juste idée des costumes nouveaux. M. de Linval fit faire à ses frais des gravures particulières qu'on insérait dans chacun des numéros qui partaient pour Beaucaire, et dans lesquels il faisait imprimer le détail analogue aux nouveautés qu'il lui plaisait d'inventer dans son cabinet.

Comme son but était d'abord de rétablir la poitrine de sa chère Emma, il fit composer des costumes chauds et commodes. Tantôt c'était une redingote de mérinos, doublée d'hermine ou de chinchilla, qui couvrait les bras et croisait sur la poitrine ; tantôt c'était un ample spencer de lévantine amarante bordé d'astracan, qui descendait jusqu'au bas des reins, et montait jusque sous le menton... Puis on lisait au texte du journal que, depuis l'étroite alliance entre

la France et la Russie, les fourrures étaient
en très-grande vogue : de là l'éloge des
vêtements fourrés; de là une description
minutieuse et très-exacte de leurs formes,
de leurs couleurs, de leurs effets, de leur
variété...

Et voilà notre jeune folle qui, munie de
différents objets que son père avait grand
soin de lui envoyer, s'occupait à imiter
les costumes nouveaux que représentaient
les gravures : et, à son exemple, toutes les
dames de Beaucaire, en admirant son goût,
sa tournure et sa grâce, se couvraient d'astracan, d'hermine et de chinchilla.

Emma était ravie. Devenue l'idole de
toute la ville, à laquelle elle donnait le ton,
elle commandait la forme et la couleur des
vêtements, des chaussures et de tout ce
qui composait la toilette; enfin elle éprouva
qu'on peut goûter loin de la capitale quelques plaisirs, et qu'en province même on
est tout aussi capable qu'à Paris de suivre
les caprices de la mode. Emma devint
d'autant plus remarquable, que, sa poitrine
se rétablissant chaque jour, grâce aux
vêtements dont M. de Linval faisait com-

poser à son gré les dessins, elle reprit son
enjouement et sa vivacité. On ne parlait
dans Beaucaire et ses environs que de la
jeune Parisienne. On la suivait dans les
promenades, on l'entourait dans toutes les
réunions ; c'était à qui la recevrait, la fête-
rait, et lui adresserait les hommages les plus
empressés.

L'hiver commençait à faire place aux
premiers jours du printemps. Emma, malgré
toutes les jouissances dont elle était environnée, sentit le besoin de rejoindre son
père et de se rapprocher de Paris, ce temple
de la mode. M. de Linval, qui ne désirait
pas moins revoir la jeune voyageuse, dont
il se flattait d'avoir rétabli la santé, sous-
crivit avec empressement à la demande de
sa fille, et bientôt le jour fut fixé pour le
retour d'Emma. Mais cet homme aimable,
voulant en même temps la guérir de sa
ridicule manie, et ramener sa raison en
attaquant son amour-propre, fit insérer
dans le dernier numéro du journal qui parvint à Beaucaire une gravure, accompagnée
de six pages de texte, entièrement consa-
crées à retracer un habit de voyage du

dernier goût. On y lisait qu'aux dernières
fêtes données à la cour s'étaient rendus
une foule de personnages éminents, parmi
lesquels on avait remarqué aux chasses de
Versailles plusieurs princesses allemandes,
et que toutes les élégantes de la capitale
s'empressaient d'imiter le costume de ces
belles étrangères. Chaque jour, ajoutait le
journal, de midi à cinq heures, on ne ren-
contre, soit aux Tuileries soit aux boule-
vards, que des femmes vêtues conformé-
ment au nouveau costume représenté dans
la gravure.

M. de Linval s'était amusé à le composer
ainsi : un chapeau de poil tricolore, c'est-à-
dire dont la forme était bleue, le dessus
des bords jaune et le dessous vert et s'at-
tachant sous le menton par un ruban couvert d'écailles de cuivre doré, comme on
en voit aux casques des dragons ou des
cuirassiers. Ce chapeau était ombragé de
trois grandes plumes noires qui retombaient
par devant et complétaient sa bigarrure;
un habit amazone de drap vert tendre, col-
let de velours cramoisi, revers et parements
bleu de ciel, le tout orné d'une quantité pro-

digieuse de petits boutons blancs et de
tresses rouges. La jupe de cet habillement
était ouverte sur le côté droit, où l'étoffe
se trouvait retroussée par deux glands pa-
reils aux tresses : ce qui mettait à découvert
une partie de la jambe ; des bottines à la
hussarde jaunes et à talons rouges ; des
gants d'écuyer en peau de renne, et le fouet
à la main.

Quoique ce costume, que le journal annonçait comme divin et suivi par toutes
les mondaines, parût assez bizarre à Emma,
sa singularité même eut des charmes à
ses yeux. Elle trouva dans cet accoutrement
l'occasion de faire briller tous ses avantages. Elle résolut, en conséquence, de ne
reparaître dans Paris que revêtue de cette
toilette, qu'elle croyait si recherchée. M. de
Linval lui vait fait parvenir, avec le dernier numéro du journal, le chapeau tricolore et tout ce qui pouvait compléter
l'amazone polonaise : c'est ainsi que le
journal nommait ce prétendu costume.
Emma se mit elle-même à l'ouvrage avec
sa femme de chambre, et, au bout de
quelques jours, elle alla, ainsi parée, faire

ses adieux aux dames de Beaucaire, qui
voulurent aussitôt l'imiter, et firent tourner
la tête à tous les fabricants pour avoir des
chapeaux tricolores.

Emma arriva donc à Paris, après cinq jour-
nées de poste, vers les quatre heures du
soir. Ce jour-là même, le célèbre Talma,
qu'une maladie avait dérobé quelque temps
à l'amour du public, reparaissait dans le
rôle de Manlius, où son talent inimitable
ressortait dans toute sa force et dans tout
son éclat. M. de Linval, certain que sa fille
arriverait d'assez bonne heure pour jouir
de ce beau spectacle, avait loué une loge
où il se proposait de la conduire et de mettre
à fin le projet par lui conçu. Tout Paris se
portait en foule au Théâtre-Français.
Emma, après avoir reçu de son père l'accueil
le plus tendre, et lui avoir de son côté
prouvé tout le bonheur qu'elle éprouvait à
se retrouver dans ses bras, voulut faire
une toilette recherchée pour aller à ce brillant spectacle, où elle se faisait une fête de
se montrer; mais M. de Linval lui fit
observer que rien n'était plus moderne et
en même temps plus remarquable que

l'amazone qu'elle portait ; il lui conseilla de paraître ainsi vêtue, afin d'annoncer à tout le monde qu'elle arrivait d'un long voyage, et que, en descendant de voiture, elle s'était empressée de venir joindre ses félicitations à celles de tous les vrais amis des arts.

Emma goûta vivement cette idée : elle se hâta de donner à son costume polonais une fraîcheur nouvelle, et d'arranger ses cheveux, que le voyage avait mis en désordre. Elle se rendit au Théâtre-Français, où elle produisit tout l'effet que s'était proposé M. de Linval. La singularité, la bigarrure de son accoutrement, excitèrent dans la salle une risée universelle. Emma crut d'abord que c'était quelqu'un dont la loge touchait la sienne qui causait ce tumulte : plus elle s'avance pour regarder autour d'elle, plus les éclats redoublent dans le parterre ; de toutes parts on la désigne du doigt. Bientôt plusieurs dames de la société de M. de Linval, entrant dans sa loge, où elles avaient place, ont de la peine à reconnaître la jeune voyageuse. Elles lui demandent en riant si elle arrive d'Arménie ou du

Congo, la questionnent sur la singularité
de son habillement, et sont tentées de croire
que l'amazone est atteinte de folie. Emma,
interdite et confuse, répond que c'est le
dernier genre qu'elle s'est empressée d'a-
dopter, à l'exemple de toutes les élégantes
de Paris, et qu'elle en a pris le modèle
exact dans le *Journal des Modes...* Des
éclats de rire échappent de nouveau à ces
dames, à la vue du costume bizarre, et
surtout du chapeau tricolore aux trois plumes noires; elles ne peuvent s'empêcher
d'avouer à Emma que c'est un tour qu'on
lui a joué; que ce costume est ridicule et
ne fut jamais adopté par aucune femme de
Paris ni désigné dans le journal. Notre
voyageuse croyait rêver : elle cherchait la
cause d'une aussi étrange erreur, lorsqu'en
regardant son père, qui à son tour ne
pouvait plus s'empêcher de rire, elle devina
qu'il était l'auteur du nouveau costume et
le rédacteur des numéros qu'elle recevait
à Beaucaire. Malgré son dépit et sa confusion, elle trouva la leçon aussi gaie qu'ingénieuse, ôta sur-le-champ son chapeau
tricolore, mit le cachemire d'une des dames

qui l'entouraient sur son amazone vert tendre, et plaisanta la première de sa mise originale... Réfléchissant ensuite à quels excès d'extravagance peut porter la manie des nouveautés, elle se promit d'y renoncer, et reconnut qu'on peut sans doute, quand on est jeune, faire quelques sacrifices à la mode, mais qu'elle est si capricieuse et si passagère, qu'on est bien dupe de se mettre pour elle à la gêne, d'altérer sa santé, de braver le ridicule et d'exposer sa vie.

LE PEIGNE PARLANT.

Madame de Saint-Marcel, femme d'un des plus célèbres chirurgiens des armées françaises, éloignée de son mari depuis plusieurs années, se livrait entièrement à l'éducation de Caroline, sa fille unique, chez laquelle la nature semblait avoir pris plaisir à rassembler tous ses dons. Figure charmante, grâce sans afféterie, esprit enjoué, cœur excellent, franchise, finesse, gaieté, tout était réuni dans cette jeune personne, que la haute réputation de son père et une fortune assez considérable faisaient rechercher dans les meilleures sociétés de Paris. Caroline joignait à tous ces avantages de l'instruction sans pédanterie, et plusieurs talents d'agrément qu'elle avait portés au plus haut degré de perfection.

On se figure aisément combien cette jeune demoiselle devait être chère à madame Saint-Marcel, et avec quel plaisir cette tendre mère recueillait, pour prix de ses soins, les félicitations de tous ceux qui se rencontraient avec sa fille !

Cependant un défaut assez dangereux s'était glissé, sans qu'elle s'en fût aperçue, à travers les aimables qualités de sa chère Caroline. Ce défaut, trop commun chez les jeunes personnes qui parviennent à l'adolescence, était la manie de tout ridiculiser, sans égard, sans distinction ; de rire des choses les plus simples ; en un mot, de se moquer de tout le monde. Caroline se livrait

avec d'autant plus de sécurité à ce défaut,
qu'aimable, spirituelle, elle ne craignait pas
qu'on usât envers elle de représailles.
Aussi rien n'échappait à la pénétration de
son regard, à la volubilité de son caquet
et de ses mordantes railleries. Allait-elle à
la promenade, chaque individu était par
elle examiné, contrôlé, dépecé de la tête
aux pieds; dans les soirées, c'était une
critique continuelle de la toilette de madame une telle, des diamants de celle-ci,
de la taille de celle-là, du maintien de
l'une, de la voix et du geste de l'autre;
entrait-elle dans un cercle, son œil avide
et malin choisissait aussitôt ses victimes :
à peine était-elle assise, que, s'entretenant
de ceux qu'elle regardait avec ironie, elle
se livrait à des éclats de rire et à des chu-
choteries qui mettaient au supplice les
personnes qui en étaient l'objet.

Les unes, par égard pour la société où
elles se trouvaient, et par suite de l'intérêt
si puissant qu'inspirent la jeunesse et l'inex-
périence, souffraient en silence les railleries
amères de Caroline; d'autres, moins patien-
tes ou plus sensibles, ne pouvaient con-

sentir à devenir le jouet d'une jeune étourdie, et murmuraient tout haut de ce ton satirique et malin qui formait un contraste si frappant avec la dignité de son maintien et les charmes de sa figure.

Ce qui surtout enhardissait Caroline et lui donnait l'habitude de ce défaut nuisible, c'étaient les bravos, les rires approbateurs qu'excitaient ses carcasmes, qualifiés sottement de *bons mots*. Le plaisir de voir se former autour d'elle un cercle de jeunes étourneaux, celui de les entendre répéter chaque épigramme comme une chose *charmante*, et se proposer de la répandre dans Paris, tout cela avait insensiblement altéré l'aimable candeur de Caroline, tout cela eût gâté pour jamais son caractère et corrompu son cœur, si plusieurs aventures assez remarquables n'eussent instruit madame Saint-Marcel de l'égarement funeste auquel s'abandonnait sa fille.

Un jour elle assistait avec sa mère à un concert d'abonnés, où se trouvaient réunis les artistes et les amateurs les plus distingués de la capitale. Un violon célèbre exécutait un *concerto* de sa composition : au

moment de l'*adagio* le plus savant et le
plus expressif, un silence absolu ré-
gnait dans toute la salle, chaque auditeur
retenait pour ainsi dire sa respiration,
lorsque tout-à-coup Caroline, placée sur le
devant d'une tribune, et se moquant de
toutes les personnes qui se trouvaient en
face d'elle, laisse échapper un grand éclat
de rire. L'artiste se trouble au point qu'il
s'arrête et demeure stupéfait; toute l'assemblée, transportée d'indignation, porte ses
regards sur Caroline, et ces mots répétés :
« A la porte l'insolente!.. » se font entendre
de toutes parts. Madame de Saint-Marcel, se
levant pour ne pas causer un plus grand
scandale, emmène sa fille au milieu des
huées de tout l'auditoire, et à la satisfaction des vrais amis des arts, qui, cherchant
à réparer par mille aplaudissements l'outrage sensible et inattendu que venait de
recevoir l'artiste, le supplièrent de recom-
mencer le morceau.

On voulut savoir quelle était la jeune
impertinente qui avait osé troubler à ce
point une réunion si respectable. On apprit
bientôt son nom, sa demeure; et, dès le

lendemain, elle reçut une lettre du directeur
de ce concert : il lui annonçait que l'indignation qu'elle avait causée ne lui permettant plus de reparaître dans une assemblée
où se trouvait réunie l'élite des talents, il
lui renvoyait son abonnement, pour ne pas
l'exposer à être de nouveau chassée avec
ignominie. Le directeur terminait sa lettre
en la plaignant de la réputation qu'elle se
faisait dans le monde, et en lui conseil-
lant d'avoir à l'avenir plus de respect pour
les arts.

La peine qu'éprouva Caroline fut inexprimable. Elle comptait faire briller ses
talents dans ce concert si renommé. Déjà
même elle s'était exercée sur un *concerto*
de Pleyel, qui devait produire la plus vive
sensation. Elle voulut répondre au directeur, s'excuser de son imprudence ; mais
sa mère lui dit que sa faute était irrépa-
rable, et qu'il fallait en supporter le châti-
ment. La fierté de Caroline fut si fortement
humiliée, ses regrets de ne pouvoir plus
assister à cette brillante réunion furent si
vifs, que des larmes de dépit s'échappèrent
de ses yeux. Madame de Saint-Marcel, ravie

au fond de l'ame de la forte leçon donnée à
sa fille, résista à toutes ses sollicitations,
et s'empressa d'écrire elle-même une
lettre d'excuses au directeur du concert
et à tous les artistes célèbres qui le composaient.

Caroline, sensible à la privation qu'il lui
fallut subir, fut en effet quelque temps
assez réservée; mais bientôt cédant de nouveau à la force de l'habitude, elle se livra
plus que jamais à toutes ses piquantes
railleries, à ses rires immodérés, et parvint
à se faire remarquer et redouter dans toutes
les sociétés où elle était reçue.

Une belle soirée d'un dimanche d'été,
elle était au jardin des Tuileries avec plusieurs jeunes personnes de sa connaissance : elle critiquait, contrôlait, disséquait
chaque passant d'un ton qui faisait pâmer
de rire ceux qui l'entouraient. Madame
Saint-Marcel seule souffrait en silence, et
cherchait à modérer l'imprudente gaieté de
sa fille. Caroline dirigeait principalement
ses traits mordants sur une jeune personne
assise vis-à-vis d'elle, ayant à ses côtés
un vieillard décoré, que tout annonçait

être le père ou le parent de la jeune inconnue.

Redoublant de sarcasmes et de plaisanteries, Caroline attirait sur elle tous les regards, et les faisait reporter ensuite sur la jeune personne, qui rougissait et paraissait éprouver une grande souffrance, quand tout-à-coup le vieillard, la prenant par la main, s'avance vers la jeune moqueuse et lui dit avec dignité : « Déplaire à une aussi belle personne que vous, Mademoiselle, est un supplice au-dessus des forces de ma fille. Veuillez donc, par charité, lui désigner les ridicules que vous remarquez en elle, afin qu'elle puisse s'en corriger, et atteindre, s'il est possible, la perfection que chacun se plaît à remarquer en vous. »

Le ton imposant du vieillard et le sourire sardonique dont il accompagna ces paroles indiquaient assez qu'il n'avait d'autre but que de venger sa fille, et donner à la jeune étourdie la leçon qu'elle méritait.

Caroline, interdite, embarrassée, ne sut que lui répondre; les jeunes personnes qui l'entouraient et riaient de ses lazzi se regardaient également en silence. Madame de Saint-Marcel, ravie de l'apostrophe du vieillard, jugeant aussitôt, à son attitude et au choix de ses expressions, que c'était un homme de distinction : « Je ne sais, Monsieur, lui répondit-elle, si ma fille peut remarquer quelque ridicule dans Mademoiselle; quant à moi, je vous remercie du service important que vous me rendez en ce moment; et, si j'avais un vœu à faire, ce serait que ma fille ressemblât à la vôtre. » L'inconnu, désarmé par cette réponse, se contenta de répliquer : « Faut-il qu'avec une figure si ravissante, une grâce si parfaite, on se fasse remarquer par tant d'inconvenance ! Puissent les tourments que depuis une heure Mademoiselle fait endurer à ma fille ne pas retomber un jour sur elle ! » Ensuite s'adressant à madame Saint-Marcel : « En voyant Mademoiselle auprès de vous, Madame, ajouta-t-il, on vous félicite d'abord... mais bientôt on vous plaint d'être sa mère. » En achevant ces mots, le vieillard se retira, faisant à madame Saint-Marcel le salut le plus respectueux, et jetant sur Caroline un regard de pitié.

Cette nouvelle scène accabla notre jeune
satirique de remords et de confusion. L'expression qu'avait mise l'honorable inconnu
dans ses dernières paroles, les larmes qui
s'échappaient des yeux de sa fille, avaient
attiré les regards, excité la curiosité de
toutes les personnes qui les environnaient.
Chacun approuvait tout haut la remon-
trance de l'inconnu, et murmurait contre
la jeune impertinente dont les rires immodérés et le caquet malin scandalisaient
autant qu'ils surprenaient dans une jeune
personne paraissant entrer à peine dans
son adolescence. L'improbation publique
fut si générale et si forte, que madame de
Saint-Marcel, craignant d'exciter du trouble, et voulant profiter de cette occasion
pour faire sentir à sa fille tout le danger
de sa funeste habitude, sortit brusquement
avec elle du jardin des Tuileries, se promet-
tant bien de ne jamais l'y reconduire, et de
ne plus s'exposer à s'en voir chassée aussi
ignominieusement.

Cette aventure fit la plus forte impression
sur Caroline. Un morne silence et une
sombre rêverie succédèrent aux saillies

brillantes, aux mots caustiques et malins
qui abondaient ordinairement sur ses
lèvres. Elle sentit, pour la première fois,
combien il est dangereux de se moquer des
autres, et que l'amour-propre offensé ne
pardonne jamais. Madame de Saint-Marcel
s'aperçut avec joie du retour sérieux que
sa fille commençait à faire sur elle-même;
mais, bien convaincue qu'elle avait encore
besoin d'une leçon pour être entièrement
guérie, elle profita d'une circonstance favorable qui se présenta pour exécuter le plan
qu'elle avait formé.

M. de Saint-Marcel était depuis plusieurs
mois à Vienne en Autriche. Il avait sauvé
la vie à une archiduchesse, qui, tombée de
cheval dans une chasse, s'était fait à la
tête une blessure profonde. Ce chirurgien
célèbre, présent à cette chasse avec l'am-
bassadeur de France, avait eu le bonheur
de relever la jeune archiduchesse, et de
donner une nouvelle preuve de ses rares
talents en lui épargnant la douloureuse
opération du trépan, à laquelle elle semblait
être condamnée. Au moment où cette jeune
femme était tombée, un peigne d'or garni

de diamants s'était détaché de ses longs
cheveux blonds, et avait été ramassé par
M. de Saint-Marcel, qui voulait le lui remettre. « Gardez-le, lui dit l'archiduchesse,
comme un gage de ma reconnaissance, et
permettez-moi d'y joindre la parure à
laquelle ce peigne appartient. En offrant
de ma part ces diamants à la digne compagne dont vous faites si souvent l'éloge, dites-lui
bien, Monsieur, de ne les porter jamais sans
songer à celle que vous avez si habilement
secourue, et qui vous doit la vie. »

M. de Saint-Marcel s'était empressé d'envoyer à sa femme cette riche parure, composée d'un collier, de boucles d'oreilles et
du peigne dont nous venons de parler.
Madame de Saint-Marcel, se coiffant rarement en cheveux, garda pour elle les anneaux et le collier, et offrit le peigne à Caroline.

Caroline, enchantée de posséder un bijou
si précieux et si brillant, ne manquait pas
de s'en parer lorsqu'elle allait en soirée
avec sa mère. Ce qui surtout flattait son
amour-propre, c'était de voir chaque personne porter les yeux sur ce riche peigne,

en admirait l'éclat et l'élégance. Madame
de Saint-Marcel, qui toujours avait en tête
de donner à sa fille une dernière leçon,
que tout rendait indispensable, lui proposa
un jour d'aller voir un nouveau ballet qui
attirait tout Paris. « J'espère, lui dit-elle,
que vous y conserverez la décence et le
maintien qui conviennent à votre âge, à
votre sexe, et que vous ne m'exposerez pas
aux humiliations que déjà tant de fois vous
m'avez fait supporter. Oh! maman, reprit
Caroline, j'en ai trop souffert moi-même
pour que je hasarde le moindre mot qui
puisse blesser personne : l'aventure du
concert et le vieillard des Tuileries ne sor-
tiront jamais de mon souvenir. Je ne puis
vous dissimuler cependant que l'habitude
de critiquer tout ce qui s'offre à ma vue
n'est pas encore entièrement détruite, et
que souvent je retiens mille plaisanteries
prêtes à s'échapper malgré moi; mais le
temps, vos leçons, et la ferme résolution
que j'ai prise, détruiront entièrement, j'espère, cette cruelle manie, qui, je le sens
bien, finirait par me rendre odieuse à tout
le monde, et indigne du titre de votre fille. »

Madame de Saint-Marcel répondit à cet épanchement de Caroline en la pressant sur son sein. Elle se mit ensuite à tresser elle-même ses beaux cheveux; mais, au lieu du riche peigne qu'avait envoyé son mari, elle substitua un autre à peu près semblable, qu'elle attacha sur la tête de sa fille. Sur le haut de ce peigne on lisait ces mots tracés en diamants sur un fond d'écaille noire : *Méchante langue.* La toilette achevée, les deux dames se rendirent à l'Opéra, et se placèrent au milieu de l'orchestre. A peine Caroline y fut-elle assise qu'elle remarqua plusieurs personnes qui portaient les yeux sur elle. Elle crut d'abord que c'était l'effet ordinaire de la richesse et de l'éclat de son peigne; mais bientôt elle entend dire çà et là : *Méchante langue.* Elle regarde de tous côtés, ne pouvant s'imaginer encore que c'est d'elle-même que l'on parle : plus elle tourne la tête, plus elle entend répéter les mots qui avaient frappé son oreille. Nul doute alors qu'elle ne soit l'objet de la risée publique : elle rougit; des larmes roulent dans ses yeux; et, ne pouvant supporter cette position

cruelle, elle propose à sa mère d'aller se
mettre dans une loge, prétextant qu'elles
étaient mal à l'orchestre et verraient beaucoup mieux ailleurs. Elles sortent toutes
deux. Parcourant les corridors pour trouver
une loge, Caroline eut la douleur d'entendre
plusieurs jeunes gens, de la tournure la
plus élégante, répéter, en la regardant, la
fatale inscription qu'ils lisaient sur sa tête.
Elle traverse le foyer : même supplice ;
enfin elle se sauve dans une loge, où, se
croyant à l'abri de tant d'humiliations et
se trouvant seule avec sa mère, elle se
livre à tout son désespoir. « Il faut donc,
s'écrie-t-elle en fondant en larmes, que je
me sois attiré le mépris de tout le monde !
Oh ! que je me repens de mes imprudentes
railleries, et que j'en suis punie cruelle-
ment ! »

Madame de Saint-Marcel, tout en lui pro-
diguant les soins et les consolations d'une
tendre mère, jouissait en secret du succès de
son entreprise. Comme elles s'entretenaient
toutes deux sur les funestes effets de la satire
et sur les chagrins inévitables qu'elle donne
à ceux qui l'exercent, une dame, dont les

dehors annonçaient l'opulence et le meilleur ton, vint se placer dans la même loge
avec deux jeunes personnes, également
remarquables par la décence et la grâce de
leurs manières. Caroline, pour la première
fois de sa vie, ne trouva rien à critiquer
dans ces trois dames. La mère lui parut
aussi distinguée, aussi spirituelle que ces
deux jeunes filles semblaient aimables et
modestes. Déjà la satirique inexorable
éprouvait qu'il est bien plus doux de louer
que de blâmer; déjà elle faisait à madame
de Saint-Marcel l'éloge des trois inconnues;
déjà même elle exprimait le désir d'entamer
avec elles la conversation, lorsqu'elle entendit l'aînée des deux sœurs dire tout bas
à la cadette, en lui poussant le bras, ces
paroles déjà tant de fois répétées : *Méchante
langue*. Caroline, foudroyée par ce dernier
coup, auquel elle était loin de s'attendre,
et ne pouvant plus rester dans la loge, où
elle suffoquait de honte et de douleur, sortit avec sa mère, sans oser lever les yeux
sur les deux jeunes personnes. Celles-ci
la regardent de nouveau, désignent à leur
mère la fatale inscription, et les deux mots

déchirants retentissent encore une fois aux oreilles de Caroline.

« Je vois bien, dit-elle à madame de Saint-Marcel, que j'ai perdu tout-à-fait l'estime publique. Retirons-nous, maman ; sauvons-nous de ce supplice insupportable. Oh! que les mots qui sont sortis de la bouche de ces deux charmantes personnes m'ont fait de mal! C'en est fait, je ne reparais plus dans aucune réunion; je fuis le monde pour jamais. Venez, maman ; je brûle d'être rendue chez nous... J'étouffe... Je suis au supplice! »

Madame de Saint-Marcel, soutenant Caroline accablée par la contrainte et les sanglots qu'elle s'efforçait de retenir, descendit le grand escalier de l'Opéra, fit avancer une voiture, et, au moment où elles y montèrent, Caroline entendit encore derrière elle : *Méchante langue !*

Pendant le chemin, son désespoir fut au comble. Elle ne cessait d'implorer le pardon de sa mère, d'avouer qu'elle était indigne de ses soins, de sa tendresse; puis, se jetant sur son sein, elle laissait échapper un torrent de larmes. Madame de Saint-

Marcel fut au moment d'avouer à sa fille le stratagème qu'elle avait employé; mais, craignant d'en détruire l'effet salutaire, elle feignit d'approuver sa résolution; et, profitant du désordre produit par son agitation extrême, elle ôta de ses beaux cheveux le *peigne parlant*, pour y substituer avec adresse celui que M. de Saint-Marcel avait envoyé. Le soir, en détachant ce riche peigne qui lui était si cher, Caroline n'eut aucun soupçon de la ruse de sa mère.

Fidèle à sa résolution, Caroline fut longtemps sans paraître dans aucun cercle, ne songea qu'à réprimer ses habitudes, à réformer son caractère; en un mot, elle devint aussi douce, aussi indulgente, qu'elle avait été jusqu'alors satirique et redoutable. Ce ne fut qu'au bout d'un an que madame de Saint-Marcel, ravie et bien certaine du retour que sa fille avait fait sur elle-même, lui montra l'heureux instrument d'un changement si désiré, et lui avoua tous les chagrins qu'elle avait eu le courage de lui faire supporter et d'endurer elle-même, pour rompre et détruire à jamais un penchant funeste qui eût fait le malheur de sa vie.

Caroline, loin de repprocher à sa mère les humiliations que lui avait attirées le *peigne parlant*, promit de le conserver toujours, s'engagea même à le remettre sur sa tête dès qu'il lui échapperait la moindre méchanceté. Mais cet engagement fut inutile : Caroline, qui, depuis un an, avait goûté les charmes de la douceur et de la tolérance, en contracta la précieuse habitude. Elle reparut dans la société. Au lieu d'entendre répéter derrière elle la devise cruelle du *peigne parlant*, elle recueillait partout les félicitations les plus flatteuses.

LES JARDINS DE VERNOU

ou

LA FAISEUSE D'HISTOIRES.

A trois lieues de la ville de Tours est une habitation ravissante appelée Vernou, dont on cite les jardins comme les plus riches, les mieux dessinés et les plus curieux que puisse parcourir l'œil du naturaliste. Les prestiges de l'art, dans ce séjour enchanté, sont en si parfaite harmonie avec les beautés de la nature, qu'on croirait, au premier aspect, que tout est l'ouvrage de celle-ci ; mais bientôt on s'aperçoit que le goût le plus exquis et tous les secrets de la science agronomique ont présidé tour à tour à cet ensemble étonnant qui charme, éblouit et porte dans l'âme le bonheur d'exister, le doux oubli des peines de la vie.

Partout sont distribuées des fabriques pittoresques. Ce sont des monuments aux grands hommes du siècle, aux bienfaiteurs de la patrie, aux muses, à l'amitié. Là s'offrent à vos regards de vastes prairies et de riants vallons qu'arrose à volonté, par de nombreuses irrigations, une rivière qui serpente dans cette vaste étendue. Ici l'on découvre des ponts élégants jetés sur de profonds ravins, et réunissant, en quelque sorte, plusieurs coteaux fertiles. Là s'élèvent d'immenses rochers, couronnés d'arbres antiques, et sous lesquels sont creusés divers sentiers qui conduisent tau-

tôt à un temple de riche architecture,
tantôt à une demeure rustique où vit un
heureux ménage, tantôt à un hospice où
les infirmes et les indigents du canton reçoi-
vent des secours, de pieuses aumônes, tantôt
enfin, par des pentes insensibles et sous
des berceaux de verdure, à l'habitation de
l'heureux propriétaire de ce délicieux séjour. On n'y distingue ni tourelles ni cré-
neaux, aucun pont-levis n'en précède
l'entrée; elle donne sur le grand chemin
du village, et n'a pour défense que l'amour
et le respect de ses habitants. C'est, en un
mot, l'asile de la paix et de l'indépendance,
n'offrant à l'extérieur qu'une retraite com-
mode, mais où sont réunis tous les avantages de l'opulence, tous les attributs de la plus
noble hospitalité. L'accueil qu'on y fait
chaque jour aux étrangers et aux curieux
qui vont visiter ce lieu ravissant est à la
fois si gracieux et si touchant, que chacun
d'eux s'imagine qu'il y était attendu. On
croit être dans sa famille, et, lorsqu'on
salue l'honorable vieillard qui vous y
reçoit, l'éclat de ses cheveux blancs, la
grâce répandue sur ses traits encore pleins

d'expression, l'aisance de ses manières, le charme de son langage, tout se réunit pour vous impatroniser à l'instant même auprès de ce modèle accompli de l'urbanité française.

On conçoit aisément qu'une société nombreuse et choisie embellit souvent encore cette retraite délicieuse. Elle est, pour ainsi dire, le rendez-vous de tout ce que la ville de Tours compte d'hommes distingués et de femmes aimables. Le fonctionnaire public, l'homme de lettres, l'avocat célèbre, le négociant renommé, ont-ils quelques moments de liberté qu'ils voudraient consacrer au plaisir, ils se disent : « Allons à Vernou. » Le grand seigneur, le savant étranger, l'artiste voyageur, qui s'arrêtent quelque temps dans la capitale du jardin de la France, demandent-ils ce qu'il y a de plus curieux à voir dans ses environs, on leur répond : « Allez à Vernou. » Toujours on est sûr d'y trouver bonne société, table abondante, et, par-dessus tout, cet inappréciable attrait d'une franche liberté, qui donne à chaque initié le droit de se montrer tel qu'il est, et l'assurance d'être apprécié pour ce qu'il vaut.

Une famille honorable de Paris était venue s'y établir depuis quelques jours. M. de Montbel, conseiller d'État, ancien ami du propriétaire de Vernou, revenant de Bretagne avec sa femme et sa fille unique nommée Cornélie, fut désireux de connaître ce séjour si vanté et de resserrer des liens qui lui étaient chers. Livré tout entier à ses hautes fonctions, il n'avait pu s'occuper de l'éducation de sa chère Cornélie, que sa mère avait élevée au milieu des distractions du grand monde et des jouissances que donnent le rang et la fortune. La jeune de Montbel, à peine âgée de quinze ans, réunissait toutefois ce qui fait briller dans un cercle; une imagination vive et féconde, une instruction variée, une saillie piquante, et surtout une facilité d'élocution qui ravissait tous ceux qu'elle attirait autour d'elle. Ces brillants avantages l'avaient conduite insensiblement à ce besoin de narrer, à cette habitude étrange de s'immiscer dans la conversation et d'y tenir le dé par mille récits qui fatiguent les gens sensés et ne font rire que les sols. Mais ce cruel besoin

de parler ne se borne pas toujours à des
récits historiques : la mémoire épuisée
charge souvent l'imagination d'agir à sa
place, et ce qu'on invente n'est pas toujours
conforme à la bienséauce. Cornélie, quoique
bonne au fond, fatiguée de se répéter, et
douée d'une fécondité remarquable, était
devenue une de ces faiseuses d'histoires
qui parlant à tort et à travers, finissent par
compromettre la réputation de telle ou
telle personne, par brouiller des amis, et
deviennent par cela même le fléau de la
société. Trop jeune encore pour sentir les
dangers d'un penchant si funeste, Cornélie
n'y voyait que la jouissance de briller et
de faire applaudir à son étonnante facilité.
Sa mère, dont elle chatouillait l'amour-
propre, n'était pas moins aveugle qu'elle ;
mais M. de Montbel, qui joignait aux qualités les plus rares cet esprit de convenance
des gens de cour, s'était aperçu que sa
fille, dans les cercles qu'elle fréquentait,
avait commis des indiscrétions qui l'y
rendaient redoutable. Plus d'une fois il lui
avait fait à ce sujet d'austères remontrances, et la faiseuse d'histoires avait promis

à son père de faire un retour sérieux sur elle-même et de profiter de ses avis.

Mais le moyen de renoncer au plaisir si délectable d'occuper un cercle nombreux, et d'exciter l'enthousiasme des habitants de la province! Comment, lorsqu'elle était annoncée comme un prodige d'esprit et d'imagination, Cornélie n'eût-elle pas soutenu sa haute renommée? Le hasard semblait favoriser son ambition. Elle se trouvait à Vernou, entourée des jeunes personnes les plus distinguées de la contrée, qui toutes briguaient la faveur d'un entretien, d'une confidence; qui toutes faisaient mille questions à la brillante Parisienne sur ses liaisons, ses goûts et ses plaisirs, sur tous ces riens charmants qu'on ne trouve que dans la capitale de la France. Oh! combien notre faiseuse d'histoires eut de récits à faire! Avec quelle avidité et en même temps avec quelle admiration les bonnes et crédules provinciales écoutaient tout ce qui sortait de cette bouche expressive! C'était ordinairement à la *chaumière de Delille,* établie dans l'un des plus beaux sites du parc de Vernou, qu'avaient lieu

ces entretiens si recherchés ; c'était au bas
du buste de ce grand poète, couronné d'épis
et de fleurs des champs, que l'ingénieuse
Cornélie se livrait à toute sa verve narra-
tive. Tantôt elle dépeignait avec une sorte
de fidélité le charme et la splendeur des
cercles de Paris, l'attrait des spectacles,
les promenades au bois de Boulogne ; tantôt
elle décrivait avec pompe les bals donnés
chez les ministres, où Madame une telle
étalait des diamants dont le prix, disait-on,
était au-dessus de la fortune connue de
son mari ; où Mademoiselle une telle, qui
prétendait posséder les plus beaux cheveux,
avait, en dansant, accroché les longues
tresses qui couronnaient sa tête, et qui,
tombées sur le parquet, ne paraissaient
plus être que le chef-d'œuvre du coiffeur.
Tantôt enfin, passant de la réalité à la
fiction, l'inépuisable Cornélie s'abandonnait
aux rêves de son imagination féconde, en
assurant qu'au dernier spectacle de la cour,
où le rang qu'occupait son père lui permettait d'être admise, le jeune duc de Chartres
n'avait cessé de porter sur elle des regards
pleins d'intérêt ; que le prince de Joinville,

son frère, lui avait baisé la main; que la
duchesse de Berry l'avait honorée du salut
le plus gracieux, et que le roi lui-même avait
poussé la bonté jusqu'à lui faire servir une
glace. En un mot, il n'est pas d'histoires
plus ou moins vraisemblables, pas de con-
tes en l'air que ne fît Cornélie aux jeunes
demoiselles qui l'écoutaient, et qui, toutes,
enviaient le sort de la fille du conseiller
d'État, et les prétendus honneurs qu'elle
disait avoir reçus.

Mais parmi les provinciales qui croyaient
naïvement tout ce que leur débitait la
jeune Parisienne, se trouvaient les deux
filles d'un riche manufacturier de la ville
de Tours : Albertine et Cécile Hortensin,
parfaitement élevées, joignant une candeur
charmante à beaucoup d'instruction. Elles
avaient d'abord prêté la plus grande attention aux récits piquants de la faiseuse
d'histoires; mais bientôt elles crurent s'a-
percevoir qu'elle s'amusait à leurs dépens.
« Que le duc de Chartres ait attaché sur elle
un regard d'intérêt, dit Albertine, et que la
duchesse de Berry l'aît saluée, rien d'étonnant à cela : l'urbanité est l'apanage d'une

haute naissance ; mais que le prince de Joinville, à peine âgé de neuf ans, lui ait baisé
la main, et que le roi se soit occupé d'elle
jusqu'à lui faire servir des glaces, voilà
ce que je ne saurais croire. — Ma sœur a
bien raison, dit Cécile, et je ne suis plus
la dupe de la conteuse, quelque séduisante
qu'elle soit ! — Oh ! si nous pouvions prendre notre revanche ! ajoute Albertine, d'un
esprit inventif et d'une aimable espièglerie.
Ces Parisiennes s'imaginent qu'on nous
fait accroire tout ce qu'on veut, et qu'en
province on peut tout hasarder. Ne pour-
rions-nous, à notre tour, faire quelques
histoires à la fille du conseiller d'État,
et lui prouver que si nous nous mon-
trons franches et confiantes, nous ne
sommes pas toujours aussi crédules qu'on
le pense, et que nous savons quelquefois
nous venger de ceux qui se font un jeu
d'abuser de notre bonne foi ? — Il faudrait,
reprend Cécile, induire en erreur la Parisienne sur les personnes les plus respecta-
bles de notre société : cela pourrait amener
des méprises divertissantes, et peut-être
donner à la faiseuse d'histoires une leçon

salutaire. — Je m'en charge, dit Albertine. Vous savez que, dans mon enfance, j'étais assez babillarde, et que j'avais le défaut d'inventer mille extravagances; je m'en suis corrigée à temps, Dieu merci ! mais je retrouverai sans peine mon ancien savoir-faire; secondez-moi toutes en conservant votre sang-froid, et je serais bien trompée si la belle présomptueuse ne tombait pas à son tour dans les erreurs où elle se plaît à jeter les autres. »

Dès le lendemain, lorsqu'on fut réuni, selon l'usage, à la chaumière de Delille, nos jeunes provinciales excitèrent de nouveau Cornélie à étaler les ressources de son imagination, et, feignant de prendre à la lettre tout ce qu'elle leur débitait, elles lui persuadèrent, plus que jamais, que rien ne pouvait résister au charme de ses narrations. On fit tomber adroitement la conversation sur les personnes qui composaient les cercles de Vernou; on commença par le comte de Rosan, ancien officier de marine, vieillard aimable et d'un commerce enchanteur. Le plus beau spectacle pour cet excellent homme, c'était une jeunesse

nombreuse se livrant aux plaisirs du bel
âge; il mettait sa plus douce jouissance à
les lui procurer. Toujours d'une gaieté
communicative et du meilleur ton, il inspirait, par sa présence, la joie et l'urbanité.
C'était, en un mot, le digne émule en courtoisie du vénérable propriétaire de Vernou,
et, par cela même, un de ses meilleurs amis.
« Oh! je l'ai jugé du premier coup d'œil,
dit Cornélie : on n'a pas les manières plus
nobles, les expressions mieux choisies;
on dirait un homme de cour. — C'est bien
dommage, dit Albertine, que dans ses
voyages d'outre-mer il ait contracté l'habitude... — De fumer, n'est-ce pas? J'aime
l'odeur du tabac à la folie. — Ce n'est pas
cela, Mademoiselle... Ancien marin, jeté
souvent dans les îles désertes ou parmi des
hordes sauvages, il s'est vu réduit à vivre
des animaux qu'il tuait à la chasse, et,
depuis ce temps, il ne mange ordinairement
que de la chair crue. — Fi! l'horreur!
s'écrie la Parisienne; qui croirait, à voir
cette figure si douce et si vénérable, que
c'est celle d'un anthropophage? — Cela
confond tous ceux qui le connaissent,

reprend Albertine; mais on lui passerait
cette manie, si quelquefois elle n'avait des
suites dangereuses... L'autre jour encore,
à la grande fête de la Saint-Louis, qui eut
lieu chez le préfet, il prit la main à une
jeune dame, aussi belle que modeste, et
son intention, j'en suis bien sûre, était d'y
poser respectueusement ses lèvres septua-
génaires... Eh bien! cette funeste habitude
de manger de la chair fraîche l'égare au
point qu'il mord jusqu'au sang la main
qu'il presse dans les siennes, ce qui fit
pousser à la malheureuse victime un cri
perçant et le tira tout-à-coup de sa méprise.
— L'étrange aventure! dit Cornélie; moi
qui déjà me sentais pour ce beau vieillard
un si tendre intérêt : fiez-vous donc aux
apparences! — C'est comme cette baronne
de Rostauge, reprend Albertine avec un
sang-froid imperturbable; veuve d'un mé-
decin du roi, entichée des opinions de son
mari, ne s'est-elle pas mis dans l'idée qu'on
ne saurait trop soigner l'estomac des jeunes
filles? C'est pour cela qu'elle a toujours sa
bonbonnière pleine de pastilles de diverses
couleurs, qu'on croirait être au citron, à

l'ananas, à la framboise ; point du tout :
elles sont entièrement d'ipécacuana ; et
sitôt qu'on en a croqué deux ou trois... —
Elle est donc folle, cette femme? répond la
crédule Cornélie ; je serais très-blessée
qu'elle m'eût attrapée de la sorte : l'ipécacuana me cause des convulsions, un spas-
me affreux qui me met à la mort. Combien
je vous remercie, Mademoiselle, de m'avoir
prévenue ! »

Enfin Albertine et sa sœur, secondées
par les jeunes personnes composant leur
société habituelle, et désirant s'amuser aux
dépens de la faiseuse d'histoires, lui racon-
tèrent mille ridicules qu'elles attribuaient
à tel ou tel habitant des environs, et qui
firent pâmer de rire Cornélie, au point
qu'elle se promettait déjà d'en augmenter
son ample recueil et de les débiter à son
retour à Paris. Mais les différentes erreurs
où l'avaient jetée les espiègles de province
ne tardèrent pas à produire leur effet, et
donnèrent lieu aux scènes les plus étranges.
La fête du village de Vernou avait attiré
un grand concours de monde dans ce séjour
si ravissant. Le comte de Rosan et la

baronne de Rostange s'y rendirent de leurs habitations respectives. Ils reçurent cet accueil qu'on doit aux vieillards amis de la jeunesse. A peine furent-ils introduits dans le salon, que les jeunes gens de l'un et de l'autre sexe les entourèrent d'hommages, exprimant tout le bonheur qu'inspirait leur présence. On leur présente mademoiselle de Montbel, qui les regarde avec défiance, et s'étonne qu'on ait autant d'égards pour un mangeur de chair crue et une vieille folle qui prétendait droguer tous les estomacs. Elle ne s'approcha d'eux qu'avec crainte, et se promit bien de ne pas s'exposer à devenir la victime de leurs dangereuses manies.

Bientôt la bonne madame de Rostange tire de son sac à ouvrage de velours cramoisi une riche bonbonnière ornée d'un portrait entouré de brillants et présente des pastilles aux demoiselles, avec cette bonhomie de la meilleure des femmes. Albertine et sa sœur prennent quelques bonbons et feignent de les jeter sur le parquet en faisant un signe d'intelligence à Cornélie. Soudain plusieurs jeunes personnes qui

n'étaient pas dans le secret acceptent de
même les pastilles de l'excellente baronne,
et les mangent avec empressement et sécurité. « Pauvres petites ! se dit tout bas
Cornélie, sous dix minutes elles vomiront
jusqu'au sang. » Les dix minutes se pas-
sent, et aucune d'elles, même parmi les
plus friandes, ne paraît être incommodée.
« Apparemment, se dit Cornélie, qu'elles
y sont habituées, ou que la veuve du vieux
docteur aura diminué la dose. » Quelques
instants après, on annonce que le dîner est
servi. Chaque cavalier s'empresse de donner
la main à la dame qui se trouve auprès de
lui ; le vénérable comte de Rosan, qui, dans
ce moment même, adressait à mademoiselle
de Montbel ce que peuvent inspirer de
flatteur une jolie figure et une grâce parfaite, lui prend la main avec cette noble
courtoisie d'un ancien chevalier français, et
la conduit à la salle à manger. Sa place y
était justement désignée auprès de celle de
la Parisienne. Il s'en félicite avec une expression vivement sentie. Entraîné par le
plaisir qu'il éprouve, et cédant à cette franche cordialité d'un ancien marin, il porte

tout-à-coup la main de Cornélie à ses lèvres et y dépose le baiser le plus respectueux. « Au secours ! au secours !... » s'écrie celle-ci, se sauvant dans un des coins de la salle, pâle, se soutenant à peine. Chacun des nombreux convives attache sur la belle effrayée des regards inquiets ; M. et madame de Montbel s'élancent vers leur fille, qu'ils soutiennent dans leurs bras, et lui demandent la cause de cette terreur subite. L'honorable vieillard, immobille, interdit, et rougissant comme un enfant, ne sait à quoi attribuer une aussi brusque inconvenance. « Ah ! pardon, monsieur le comte... mille fois pardon ! lui dit avec surprise et confusion la tremblante Cornélie en passant à plusieurs reprises sa seconde main sur celle qu'il avait baisée avec tant de plaisir, j'ai cru que vous m'aviez mordue. — Moi, vous mordre ! lui répond en riant l'aimable septuagénaire ; moi déchirer vos belles mains !... Eh ! Mademoiselle, je n'ai plus de dents ! » A ces mots, un rire général s'empare de tous les assistants. On se demande qui peut causer une semblable méprise ; le vieux marin, qui tient à sa réputation de

chevalier courtois, veut absolument savoir
ce qui peut lui mériter une pareille impu-
tation. Cornélie, pour s'excuser, lui avoue
naïvement que l'habitude qu'il avait de ne
vivre que de chair crue, et la morsure par
lui faite dernièrement sur la main d'une
jeune dame... A cet aveu, l'hilarité redouble. La faiseuse d'histoires devine aisément,
aux éclats de rire de mesdemoiselles Hortensin, aux sourires sardoniques lancés
sur elle de toutes parts, qu'on s'était joué
de sa crédulité, et qu'elle-même était dupe
de cette manie de narrer et de débiter
mille extravagances. Piquée au fond du
cœur de la revanche que venaient de prendre sur elle les jeunes provinciales dont
elle avait cru pouvoir s'amuser, elle fut
d'abord sérieuse, interdite; mais bientôt,
reprenant ses esprits et rappelant cette
gracieuse urbanité qui la caractérisait, elle
fut la première à révéler les folies dont on
avait frappé son imagination. Elle fit amen-
de honorable au comte de Rosan, qui,
pendant le dîner, lui prouva clairement
qu'il ne mangeait point de viande crue et
ne vivait, au contraire. que de fruits et de

légumes. Cornélie ne s'excusa pas moins auprès de la baronne de Rostange des soupçons qu'elle avait eus sur sa bonbonnière, aussi redoutable à ses yeux prévenus que la boîte de Pandore, et lui demanda la permission d'expier son erreur en croquant plusieurs pastilles, qui ne lui causèrent ni maux de cœur ni convulsions. Allant ensuite se jeter dans les bras d'Albertine, elle la remercia de la leçon qu'elle recevait, et lui voua l'amitié la plus vraie. Elle reconnut que les demoiselles de province peuvent avoir tout autant de malice et d'imagination que les présomptueuses de la capitale. Elle renonça pour jamais à cette habitude funeste de parler sans réfléchir, de raconter sans cesse et d'inventer mille fables qui déversent le ridicule sur les personnes les plus irréprochables ; en un mot, elle devint aussi sensée, aussi retenue dans ses paroles qu'elle avait été légère, inconvenante, et sentit quelle distance il y a dans le monde entre la femme d'esprit et la *faiseuse d'histoires*.

LE PANIER DE FRAISES.

———

Sur la belle avenue de Paris à Bagnolet se voit une agréable habitation, nommée l'Ermitage, dont la grille donne sur le grand chemin. C'était au milieu du mois de mai, époque où ce joli pays produit les premières fraises qui paraissent dans la capitale.

Laure, fille d'un banquier qui habitait cet ermitage, était un soir seule, assise derrière la grille, et s'amusait à compter les petites économies qu'elle avait faites sur l'argent qu'on lui donnait, chaque mois, pour ses menus plaisirs.

Au moment où elle formait mille et mille projets pour employer un louis qu'elle avait amassé depuis plusieurs mois, elle entend jeter un cri dans l'avenue, regarde et aperçoit une jeune fille, nu-jambes et sans chaussures, dont le pied venait de glisser, et qui en tombant, avait répandu

sur la route plusieurs paniers de fraises
qu'elle portait sur sa tête. Des pleurs cou-
laient en abondance sur les joues de Babet
(c'était le nom de la jeune fille). Elle s'é-
criait avec l'accent du désespoir : « Que je
suis malheureuse! Entrée ce matin au
service de Jean-Pierre, la première fois
que j' vais cueillir dans ses jardins, il faut
que j'aie le malheur de répandre le produit
de son travail et de ses soins! J' suis hors
d'état d' lui en rembourser le prix; il va
me chasser d' chez lui, peut-être m' faire
passer dans l' village pour une malhonnête
fille... Ma pauvre mère! qui n'avez qu' moi
pour soutien, ô ma pauvre mère! qu'allez-
vous devenir? »

En achevant ces mots, Babet ramassait à
la hâte le peu de fraises échappées au dé-
sastre, et dont à peine elle put former un
panier, tout le reste se trouvant écrasé dans
sa chute et confondu dans la poussière.

Ces touchantes paroles : « Ma pauvre
mère! qu'allez-vous devenir? » pénétrèrent
jusqu'au fond du cœur de Laure. « Jeune
fille, lui dit-elle en l'appelant du doigt, à
combien pouvaient monter les paniers de

fraises que vous regrettez si fort? — Hélas !
ma bell' demoiselle, de six il ne m'en reste
qu'un : cinq à quatre francs pièce, vu que,
c'est dans la primeur, ça fait... Elle comptait
sur ses doigts. — Vingt francs ! s'écria
Laure. — Tant que ça ! reprit Babet ; c'est
pus que je ne gagne en deux mois. Comment f'rai-je? O ma pauvre mère ! qu'allez-
vous devenir? — Eh bien ! dit Laure, ou-
vrant doucement la grille, confiez-vous
à moi, jeune fille, et je me fais forte de réparer l'accident qui vient de vous arriver.
Donnez-moi ce seul panier qui vous reste,
et prenez ce louis : c'est justement le prix
des six que vous aviez. Vous direz à votre
maître que vous avez vendu le tout aux
habitants de l'Ermitage : par ce moyen,
vous ne lui ferez éprouver aucune perte ;
vous serez toujours l'appui de votre mère,
et moi je n'aurai jamais fait meilleur usage
de mes petites économies. »

Babet, émue, surprise, remit à Laure son
dernier panier de fraises, baisa plusieurs
fois ses bienfaisantes mains, ainsi que le
louis qui la sauvait de tant de malheurs,
et regagna le village. De son côté, Laure,

heureuse et fière d'avoir aussi utilement
employé son argent, emporta dans sa
chambre le panier qui lui était devenu si
cher, se proposant bien de manger les fraises qui lui appartenaient à si juste titre, et
surtout d'augmenter le prix d'une aussi
bonne action en la tenant secrète pour tout
le monde.

Mais le père de Laure avait vu à travers
la jalousie de son cabinet tout ce qui s'é-
tait passé. Suivant sa fille des yeux, il
l'avait aperçue emportant furtivement le
panier de fraises, qu'il alla prendre dans la
chambre de Laure dès qu'elle en fut des-
cendue, et la rejoignit bientôt au salon, où
elle brodait auprès de sa mère. Il leur annonça que la plupart de ses amis devaient
se réunir le lendemain à dîner chez lui;
comme il se trouvait, parmi ses amis, un
grand nombre de personnes de distinction
qu'il était flatté de posséder, il exprima le
désir que le repas fût aussi splendide que la
société serait brillante.

Après une assez longue conversation, dans
laquelle le père de Laure ne put s'empêcher
de prodiguer à sa fille les plus tendres ca-

resses, celle-ci remonta dans sa chambre
pour revoir son cher panier, et manger
quelques fraises, qui lui semblaient devoir
être les meilleures qu'elle eût goûtées de sa
vie. Mais combien elle fut surprise de ne
plus trouver ce précieux dépôt! Elle
cherche, s'inquiète, s'adresse à tous les
gens de la maison ; personne ne savait ce
qu'elle voulait dire; son père seul jouissait
de son aimable embarras.

Le lendemain, se réunirent les nombreux
convives. Le dessert le plus somptueux
leur fut offert. Il était composé de tout ce
que le luxe peut inventer : des sucreries
les plus rares, de superbes ananas, des
glaces à l'italienne, de belles pyramides
de fruits de toute espèce. Mais chacun
remarquait avec étonnement qu'il n'y avait
point de fraises, si recherchées à cette
époque. La mère de Laure, surprise comme
tout le monde de ce que ses ordres n'avaient
point été suivis, se disposait à gronder
celui de ses gens qui était chargé de cette
partie du service, lorsqu'un laquais vint
déposer sur le plateau de fleurs qui était
au milieu de la table le panier chéri de

Laure. Elle ne put, en le voyant, s'empêcher de jeter un cri de joie, et son aimable
rougeur annonçait que ce panier renfermait
quelque mystère. Son père alors raconta
l'aventure dont il avait été l'heureux témoin. « J'ai cru, dit-il, que je ne pouvais
offrir à mes amis, à mes convives, d'autres
fraises que celles-ci ; non, je ne connais point
de corbeille, fût-elle de porcelaine du Japon
et remplie des productions les plus rares,
qui puisse être comparée au simple panier
de Babet. »

Chacun applaudit à la bonne action de
Laure. Sa mère la prit dans ses bras ; elle
la tenait contre son sein, ne pouvant exprimer tout ce qu'elle ressentait. On pria la
jeune fille de distribuer elle-même à chaque personne les fraises que contenait le
panier : ce qu'elle fit en recevant les plus
douces félicitations. Mais quel fut son
étonnement lorsque, en offrant les dernières
fraises, elle trouva au fond du panier un
élégant bracelet avec un écusson d'or
entouré de perles fines, et sur lequel
étaient gravés ces mots : *Babet, à sa bien-*
faitrice.

LA ROBE BRODÉE.

———

Madame de Rémival, veuve d'un avocat célèbre, habitait le Marais, où elle vivait dans une médiocre aisance avec ses deux filles, Clara et Jenny. La première avait les traits réguliers, une taille noble et imposante; mais tous ces avantages étaient altérés par un regard à la fois dur et fier, qui annonçait un caractère difficile et un esprit impérieux. La seconde, au contraire, sa cadette d'un an, doublait le charme d'une figure agréable par un maintien simple et modeste, une grâce naïve, et surtout par un coup d'œil qui semblait dire : « Je ne suis pas faite pour briller; je ne désire que d'être aimée. »

La fortune de madame de Rémival ne lui permettant pas de donner à ses filles aucun ornement de toilette, elles étaient vêtues

de la manière la plus simple. Jamais de
broderies, point de bijoux, pas même de
fleurs artificielles; mais le goût et la pro-
preté régnaient dans leur modeste parure;
leurs cheveux brillants, relevés avec soin,
se cachaient sous un chapeau de paille,
seulement orné d'un ruban. De petites guê-
tres de coutil maintenaient une chaussure
bien solide, et leur robe de toile d'une extrême fraîcheur, quoique d'un prix très-
modique, tout enfin annonçait les habitudes
d'ordre dans lesquelles madame de Rémival
avait élevé ses deux filles.

Jenny, contente de son sort et n'ambi-
tionnant point d'autres parures, était toujours bonne, enjouée, et faisait les délices
de sa mère, qui lui paraissait faire pour elle
tout ce que lui permettait sa modique fortune.

Il n'en était pas de même de Clara. Fière et
vaine, elle souffrait en secret de la simplicité
dans laquelle on la retenait. Elle paraissait de
plus en plus rêveuse, impatiente, et d'une
aigreur qui devenait d'autant plus remarquable, qu'elle contrastait sans cesse avec
la douce aménité de sa sœur.

Allaient-elles dans quelque promenade

Clara faisait remarquer à Jenny que telle demoiselle, dont la fortune était médiocre, portait un chapeau des plus élégants; que telle autre avait un fichu bordé et garni de dentelles. « Pour nous, toujours mises de même, et privées de la plus simple parure, ajoutait-elle avec dépit, à peine sommes-nous regardées, à peine nous connaît-on dans le quartier... — Que nous importe? lui répondait Jenny tout en riant; nous n'en sommes pas moins les filles d'un homme célèbre. Notre éducation vaut bien celle de toutes ces jeunes élégantes dont la babiole est l'unique occupation, et qui, malgré tout leur éclat, n'ont peut-être pas autant de talents que nous. Pour moi, je préfère ma simplicité à tout cet étalage de fleurs, de broderies; comme je n'ai jamais de belles choses à gâter, je puis courir, sauter, danser tout à mon aise. Je ne troquerais pas ma gaieté contre les plus beaux chapeaux du monde et les robes les plus brillantes. »

Le hasard, qui souvent se plaît à favoriser la modestie, tandis qu'il punit et fait souffrir l'orgueil et l'ambition, voulut qu'il se fît dans la famille de madame de Rémi-

val un mariage d'étiquette et de grand ton.
Un de ses parents, très-riche financier,
demeurant dans une des plus belles rues
de la Chaussée-d'Antin, s'unissait à la
famille d'un homme en place; et tout ce
que Paris a de plus opulent devait assister
à cette fête. Madame de Rémival y fut également invitée avec ses filles.

« Nous ne pouvons accepter, dit aussitôt
Clara : il nous faudrait une toilette que
maman n'est probablement pas dans l'intention de nous permettre. — Pourquoi
donc? reprit gaiement Jenny. On connaît
notre modique fortune : une gracieuse simplicité, voilà tout ce qu'on peut exiger de
nous; quant à moi, je me propose bien de
danser beaucoup, et maman nous aime trop
pour nous priver de ce plaisir que nous ne
goûtons pas souvent, et que j'aime à la
folie. — Mais, ma sœur, reprit Clara, crois-
tu que nos bas de fil d'Ecosse et nos robes
de percale ne paraîtront pas bien mesquins,
bien ridicules, au milieu de toutes les riches
parures dont nous serons environnées? Je
crains bien que nous ne fassions rire à nos
dépens; on nous prendra pour quelques

petites filles de village qu'on aura fait venir afin d'amuser la compagnie. — Je voudrais bien voir, répliqua Jenny, qu'on osât nous traiter ainsi ! je prouverais que les petites filles de village sont tout aussi fières que les belles de la Chaussée-d'Antin; et je saurais rire encore mieux à leurs dépens qu'elles ne pourraient le faire aux nôtres. Je ne suis pas méchante, tout le monde le sait, mais j'aime à m'amuser des ridicules. »

Le jour de la fête approchait. Clara se désespérait, et sa vanité formait déjà mille projets pour se dispenser de paraître à une réunion qui devait être aussi nombreuse que bien choisie. Enfin, la veille de ce jour tant redouté elle feignit d'être malade et déclara qu'elle ne pourrait aller à la Chaussée-d'Antin. Jenny, quoique très-curieuse d'assister à cette fête, fut encore moins fâchée de s'en voir privée qu'inquiète de la santé de sa sœur, qu'elle croyait véritablement indisposée, et à qui elle s'empressait de prodiguer tous ses soins.

Madame de Rémival, qui sans cesse étudiait le caractère de Clara, projeta de la

corriger de cet exès d'orgueil, mais avec
tant de précautions et de délicatesse, que
la jeune personne attribuât au hasard
seul ce qui serait l'ouvrage de l'amour ma-
ternel.

Comme elle s'occupait avec Jenny à sou-
lager la fausse malade, entre un commissionnaire chargé, disait-il, de remettre un
paquet contenant une très-belle robe, mise
en loterie, apartenant au premier des numéros sortis au tirage, et qu'on savait être entre
les mains de madame de Rémival. Cette
dame, jouant alors la surprise, fit accroire
à ses filles qu'en effet, à la sollicitation
d'une voisine, elle avait pris un billet de
cette loterie. Elle alla donc chercher dans
son secrétaire ce prétendu billet qu'elle
avait eu soin de préparer d'avance, le remit
au commissionnaire, affectant la plus grande
joie de ce que le sort l'avait favorisée. On
ouvre à la hâte le paquet, et l'on y trouve
une robe de mousseline des Indes d'un
tissu admirable, dont la broderie était du
dernier goût. Déjà Clara, oubliant qu'elle
faisait la malade, examinait là robe avec
empressement, et laissait lire dans ses

yeux tout le bonheur qu'elle aurait de la posséder.

« Quel dommage, dit madame de Rémival, qu'on ne puisse partager cette robe en deux! elle eût été pour vous, mes filles. — Oh! maman, reprit Jenny, ce serait trop beau pour nous, et j'espère bien que tu t'en pareras demain au mariage de notre parent, dussé-je passer toute la nuit à te la faire? — Moi, reprit madame de Rémival, je m'affublerais d'une robe aussi élégante, moi qui depuis si longtemps ai fait vœu de simplicité! Non, non, je ne porterai jamais cette robe brodée; mais, puisqu'un heureux hasard me la procure, ajouta-t-elle avec intention, elle est pour celle de vous que ce même hasard favorisera : tirez au sort, et demain cette charmante robe sera portée par celle de vous deux qu'il désignera. — J'y consens, s'écria Clara avec une force et une vivacité qui indiquaient le désir le plus vif. — Non, non, reprit Jenny, ne tirons point au sort; je lis dans les yeux de ma sœur que cette robe pourrait hâter sa guérison, et je lui cède de bon cœur tous mes droits. — Pourquoi cela?

reprit Clara avec contrainte : maman l'a prononcé; nous devons tirer au sort. — Oh ! reprit Jenny, tu sais bien que la grande parure m'ennuie et m'embarrasse. Cette robe te convient mieux qu'à moi; d'ailleurs, tu es mon aînée. Allons, Clara, cède à mes instances, mettons-nous à l'ouvrage : demain tu paraîtras à la fête une des mieux parées, et tu prouveras, j'espère, aux belles de la Chaussée-d'Antin, qu'une robe brodée suffit pour les égaler en grâces et même pour les surpasser.

Clara, après l'aveu de madame de Rémival, accepta la proposition de Jenny; à l'instant même celle-ci tailla les différents lés qui devaient composer la robe, et se mit à travailler avec sa sœur, afin que tout fût prêt le lendemain. Madame de Rémival, voulant suivre son projet, demanda à Clara comment, avec une pareille robe, elle comptait se coiffer. « Des cheveux relevés par un simple peigne d'écaille ne peuvent suffire, lui dit-elle; il vous faut une coiffure plus analogue à ce riche vêtement. — Sans doute, ajouta vivement Jenny. Si maman daigne le permettre, tu orneras tes cheveux d'une de ces belles guirlandes de roses qui sont à la mode. Je ne crois pas non plus que le bas de fil d'Ecosse, quelque blanc qu'il soit, puisse convenir, et, si maman veut m'en croire, elle te permettra, pour la première fois, les bas de soie et les souliers de taffetas blanc. — J'y consens avec plaisir, » dit madame de Rémival. Et à l'instant même elle sortit pour aller acheter ces différents objets.

Pendant son absence, Clara ne put s'empêcher de témoigner à sa sœur toute sa joie et son étonnement : « Mais toi, lui dit-elle, tu ne t'occupes en rien de ta toilette? — N'ai-je pas, répondit Jenny, la robe de mousseline de ma première communion? Je ne vais point à cette fête pour briller, mais bien pour danser, rire et m'amuser de toutes les minauderies des belles du jour. La parure la plus convenable à une jeune danseuse, c'est, selon moi, la simplicité. — Mais enfin, ajouta Clara, si la trop grande simplicité allait te priver de danser, cela serait fort désagréable, et j'avoue qu'à ta place j'en mourrais de dépit. — Bah! répondit Jenny, je n'ai pas si grand'peur; il se trouve toujours quelques âmes charitables qui vous prennent en pitié; d'ailleurs, il est mille moyens de sortir d'embarras. Heureusement je ne suis ni sotte ni timide, et je saurai bien me tirer d'affaire... »

Pendant qu'on parlait ainsi, la robe brodée allait son train. L'espoir et la joie étaient empreints sur les figures des deux charmantes sœurs, qui travaillaient à qui mieux mieux. Bientôt madame de Rémival rentra avec ses différentes emplettes. Elle remit à Clara une élégante guirlande de roses, des bas de soie brodés à jour, des souliers de satin blanc. Elle y ajouta une berthe de dentelle et des gants richement garnis. « Pour toi, Jenny, dit-elle à celle-ci, tu ne t'es point occupée de la parure, tu préfères une simple toilette au plaisir de briller : je te prie donc d'accepter ce bouton de rose orné de son feuillage, et j'exige que demain il soit sur tes cheveux. »

Enfin le moment tant désiré arriva. Une voiture, envoyée par le parent de madame de Rémival, vint la prendre; elle se rendit avec ses filles au riche hôtel de la Chaussée-

d'Antin, où déjà la plus belle assemblée
s'était réunie. Un essaim de danseuses,
remarquables par l'élégance de leurs vêtements, se dispersa dans des salons magni-
fiques qu'éclairaient plus de deux cents
bougies, et bientôt la gaieté la plus vive
s'empara de tous les cœurs.

Clara, embarrassée dans sa nouvelle
parure, craignant à chaque instant de déchirer sa robe brodée qu'elle croyait devoir
fixer tous les regards, parut gauche, ne fit
aucune sensation; et, quoique couronnée
d'une guirlande de roses et surchargée
d'ornements, elle eut le chagrin de rester
presque toujours auprès de sa mère, et de
n'avoir que les danseurs envoyés de temps
en temps par la maîtresse de la maison. On
riait de l'air emprunté, et surtout de la
roideur de la belle statue du Marais. Les
uns prétendaient qu'elle arrivait de province, où sans doute elle avait pris le ton et
les usages de sa grand'mère; les autres
soutenaient qu'elle avait fait vœu d'immo-
bilité : c'était, en un mot, à qui lancerait
les plaisanteries les plus mordantes; elles
parvinrent aux oreilles de Clara et aug-

mentèrent encore son dépit et sa confusion.

Jenny, au contraire, se livrait à tout le
plaisir que lui inspirait une fête aussi belle,
et, ne craignant point de gâter sa modeste
robe de mousseline, elle se faisait distinguer
par son visage toujours riant, par son caquet ingénu, spirituel, et surtout par la
légèreté de sa danse. Sa simplicité, contras-
tant avec les riches toilettes dont elle était
environnée, la faisait remarquer parmi toutes les femmes brillantes.

Madame de Rémival ne perdait rien de
tout ce qui se passait. Elle jouissait en
secret de l'isolement où se trouvait Clara,
depuis qu'elle avait dansé les deux contre-
danses ordonnées par la maîtresse de la
maison. C'est en vain qu'elle étalait sa robe
brodée pour attirer quelques danseurs,
aucun ne se présentait. Clara, confuse d'être
réduite à n'avoir pour danseurs que ceux
que lui envoyait sa sœur, feignit, après la
valse, de se trouver indisposée, et sollicita
sa mère de se retirer. « En effet, dit madame
de Rémival, je m'aperçois depuis quelque
temps que vous souffrez beaucoup. Je vais

demander une voiture, et nous allons re-
tourner au Marais; mais votre sœur, qui
se livre à toute la joie qu'inspire une aussi
belle assemblée, et qui goûte un plaisir
qu'elle éprouve si rarement, ne sera pas
victime de ce fâcheux événement... » En
effet, madame de Rémival alla conduire
Clara chez elle, et revint aussitôt rejoindre
Jenny, qu'elle avait confiée à la surveillance de plusieurs personnes de sa connaissance.

Dès que celle-ci fut instruite du départ
de Clara, une tendre inquiétude remplaça
sa gaieté. En vain sa mère la rassura. « Non,
non, dit-elle, ma sœur souffre, il n'est plus
de plaisir pour moi. » Au même instant elle
entraîna sa mère, qui pouvait à peine ca-
cher son émotion.

De retour au Marais, madame de Rémival
trouva Clara tout en larmes, et dévorée du
chagrin que lui causaient les succès de sa
sœur; mais, dès qu'elle eut appris de la
bouche de sa mère le généreux attachement de Jenny et le sacrifice qu'elle venait
de faire pour lui offrir ses soins et ses consolations, les larmes de la jalousie firent

8

place à celles du sentiment. Elle avoua
qu'elle n'avait prétexté une indisposition
que par le dépit de se voir négligée dans le
bal; et reconnut enfin que la plus riche parure et tous les ornements de la mode plaisent souvent moins que les grâces naturel-
les et la modeste simplicité.

LE PETIT SAVOYARD.

Les habitants de la Savoie se sont fait
remarquer en tout temps par l'amour du
travail et la plus scrupuleuse probité.
Admis dans les plus beaux hôtels de Paris,
on ne s'est jamais plaint qu'ils eussent
abusé de la confiance qu'on leur accordait.
Accoutumés à vivre de peu, ne changeant
point, au sein même de la capitale, leur
manière d'exister ni leurs vêtements gros-
siers, ils n'ont qu'un but, qu'un seul désir :
c'est d'amasser, à force de peine et de

sueurs, une modique somme d'argent, qu'ils portent joyeux et triomphants à leurs pauvres familles, qui souvent ont bien souffert en leur absence.

Parmi les travaux auquels ces bonnes gens s'accoutument, le ramonage des cheminées est celui qui leur est spécialement dévolu. Ces ramoneurs vont ordinairement deux ensemble : l'un d'une taille élevée, pour les grandes cheminées; l'autre plus petit et presque encore dans l'enfance, afin de pouvoir se hisser dans les petites cheminées des cabinets. Ce petit ramoneur est entièrement soumis à l'autorité du grand, qui exerce sur lui le pouvoir absolu d'un mentor et d'un maître.

C'était à la fin de l'automne. M. Destinval, honnête négociant de Paris, fit monter dans son cabinet deux Savoyards du coin de la rue, pour ramoner sa cheminée. Comme elle était d'une structure moderne et que le passage était fort étroit, ce fut le plus petit des deux qui fut chargé d'y monter. On couvrit, selon l'usage, l'entrée de la cheminée d'une double nappe, afin d'éviter l'odeur et la fumée de la suie, et d'en garantir l'appartement. Le petit ramoneur une fois mis à l'œuvre, le plus grand alla vaquer à d'autres travaux dans la même maison.

Élisa, fille de M. Destinval, attirée par le désir d'entendre la chansonnette que les Savoyards ont coutume de chanter au faîte des cheminées, resta dans le cabinet de son père; et, voulant écarter la nappe pour mieux entendre, elle la fit tomber, la releva promptement à travers le nuage de suie qui sortait en abondance, et courut aussitôt s'essuyer la figure et les mains, afin qu'il ne restât aucune trace de son étourderie.

Pendant ce temps, le petit ramoneur, après avoir chanté sa chansonnette, descendit de la cheminée, et, se trouvant seul dans le cabinet, il appela son camarade, qui rentra aussitôt, accompagné de M. Destinval et de plusieurs domestiques.

Quand la suie fut ramassée, que le petit Savoyard se fut secoué, nettoyé, et qu'il eut repris sa veste, M. Destinval, satisfait de son service, et plus encore de la gaieté franche et naïve du gentil petit montagnard, lui donna un écu. Il sortit avec son grand camarade, pour aller l'aider à ramasser la suie d'une autre cheminée que ce dernier avait, pendant ce temps-là ramonée dans une pièce voisine.

Élisa rentra dans ce moment, et vint raconter à son père ce qui venait de se passer entre les deux Savoyards. Elle avait vu, disait-elle, le plus petit remettre à l'autre l'écu qu'il avait reçu. Elle l'avait entendu se féliciter avec lui d'avoir fait une bonne matinée... En un mot, Élisa répéta à son père tout ce qui s'était dit, redit et répondu ; car la jeune demoiselle, quoique d'ailleurs sensible et très-aimable, était d'un bavardage que souvent elle poussait jusqu'à l'indiscrétion, et dont ses parents ne pouvaient venir à bout de la corriger.

Quand tout fut remis en ordre dans le cabinet de M. Destinval, il voulut faire sa toilette, et ne trouva plus sur la cheminée ses boutons de chemise, formés de deux diamants, qu'il y avait déposés. Surpris, inquiet, il cherche partout, et soupçonne d'abord le petit Savoyard de les avoir dérobés.

« Cependant, se disait-il, l'air franc et joyeux de ce petit ramoneur, la joie qu'il

a témoignée en recevant l'écu que je lui a.
donné, tout m'empêche de croire qu'il ait
commis ce vol... » En raisonnant ainsi,
M. Destinval cherchait en vain ses boutons.
Élisa proposa à son père de demander aux
gens de la maison s'ils n'avaient point connaissance de la disparition de ce bijou.

« Allez, lui dit M. Destinval; mais gardez-
vous bien d'émettre aucun soupçon, et
bornez-vous à recommander tout bas au
portier de dire au petit Savoyard, quand il
sortira, qu'il remonte dans mon cabinet,
que j'ai à lui parler, une commission à lui
faire faire. »

Élisa s'empressa d'aller exécuter les ordres de son père. Aucun domestique n'avait
vu les boutons en question. Chacun d'eux
formait mille conjectures différentes : tous
souffraient à la fois de cette aventure. Lorsque le plus petit objet disparaît, c'est une
calamité dans une maison dont tous les
domestiques sont honnêtes ; le doute seul
est un outrage, le moindre soupçon un supplice.

Élisa, que son penchant funeste à babiller
entraînait bien souvent plus loin qu'elle ne

le pensait, oubliant en ce moment ce que
son père lui avait recommandé, rappela à
plusieurs domestiques que le petit ramoneur, en descendant de la cheminée, s'était
trouvé seul dans le cabinet de son père.
Elle ajouta qu'elle avait cru remarquer sur
sa figure de l'embarras, une certaine émotion, lorsque M. Destinval était rentré avec
elle dans son appartement, etc... Enfin elle
leur confia, mais sous le plus grand secret,
que son père lui-même soupçonnait le petit
Savoyard d'être l'auteur du vol... Elle descendit aussitôt donner au portier l'ordre
convenu, et remonta précipitamment auprès
de M. Destinval.

« Non, répétait ce dernier, je ne puis
encore me déterminer à croire que ce petit
malheureux se soit oublié à ce point. Je
veux, je dois m'assurer entièrement de son
innocence ; et, s'il est coupable, je saurai,
tout en lui donnant une forte leçon, le
sauver de l'opprobre et peut-être de la ven-
geance terrible qu'exerceraient sur lui tous
ses compatriotes... »

Comme M. Destinval achevait ces mots,
on entendit dans la cour des cris déchirants

et le bruit de coups réitérés, ce qui avait attiré en un instant tous les gens de l'hôtel et les personnes qui passaient dans la rue. M. Destinval ouvre sa fenêtre; il aperçoit le pauvre petit Savoyard, que frappait encore son grand camarade, et qui, les mains jointes et tout meurtri de coups, protestait de son innocence. M. Destinval descend aussitôt, croyant que le vol est avoué par l'enfant, qu'il projette de soustraire à son funeste sort. Sa fille le suit, s'imaginant aussi que le voleur est découvert : mais quelle fut leur douleur d'entendre un des domestiques qui tenait encore le petit ramoneur par les cheveux, s'écrier :

« Oui, c'est là le coupable, c'est lui qui nous a tous exposés au soupçon le plus cruel, le plus indigne de nous : il payera cher le mal qu'il nous a fait. — Eh ! quelles preuves avez-vous pour le condamner ainsi? dit M. Destinval, perçant la foule. — En est-il de plus fortes, répond le domestique, que votre accusation elle-même? — Qui vous a dit que je l'accusais? — Mademoiselle Élisa. Pourquoi voulez-vous épargner un petit scélérat qui nous a tous compromis ? — Quoi ! ma fille, reprit M. Destinval avec indignation, vous avez pu violer le secret que je vous avais confié !... Non, non, ajouta-t-il, j'atteste, au nom de l'honneur, que je n'ai point accusé cet enfant; je n'ai pu concevoir que de simples soupçons, et j'étais loin de m'attendre, en les confiant à ma fille, qu'elle en ferait un si cruel usage. »

Pendant que M. Destinval parlait ainsi, le petit Savoyard, prosterné à ses pieds, implorait sa justice, criait miséricorde. Élisa, confuse et tremblante, s'apercevait, mais trop tard, de sa funeste imprudence. Enfin les domestiques, toujours acharnés, demandaient à grands cris que le voleur fût conduit au corps de garde et livré à la justice, quand la femme de chambre d'Élisa, accourant éperdue, remet à M. Destinval ses boutons; elle les avait trouvés enveloppés dans la nappe qu'on avait mise devant la cheminée du cabinet pendant que le petit Savoyard la ramonait, et que la curiosité d'Élisa avait fait tomber.

On peut se figurer quel fut le désespoir de cette jeune personne en reconnaissant,

avec tout le monde, l'innocence du'pauvre
petit ramoneur, qui, dans ce moment
même, implorait encore sa pitié. Elle
tomba presque sans connaissance dans
les bras de son père. Les domestiques
pâlirent, en se repentant d'avoir cru aussi
légèrement une jeune indiscrète. Le grand
Savoyard ne savait comment faire oublier les coups dont il avait accablé
son petit camarade; et M. Destinval, en
désignant à Élisa les meurtrissures dont
ce pauvre enfant était couvert, lui dit :

« Vous voyez votre ouvrage. — Je saurai
réparer ma faute, s'écria la jeune personne;
je veux soigner, guérir cet infortuné, et, si
vous le permettez, je l'attache à mon service : il ne me quittera jamais.

— J'y consens, ma fille, reprit M. Destinval; puisse-t-il te rappeler sans cesse
que le moindre mot, transmis et mal
interprété, quelle que soit la pureté de
nos intentions, produit souvent les effets les
plus terribles, et peut faire le malheur de
toute notre vie. »

FIN.

TABLE.

—

FIN DE LA TABLE.

Limoges. — Imp. Eugène Ardant et Cie.

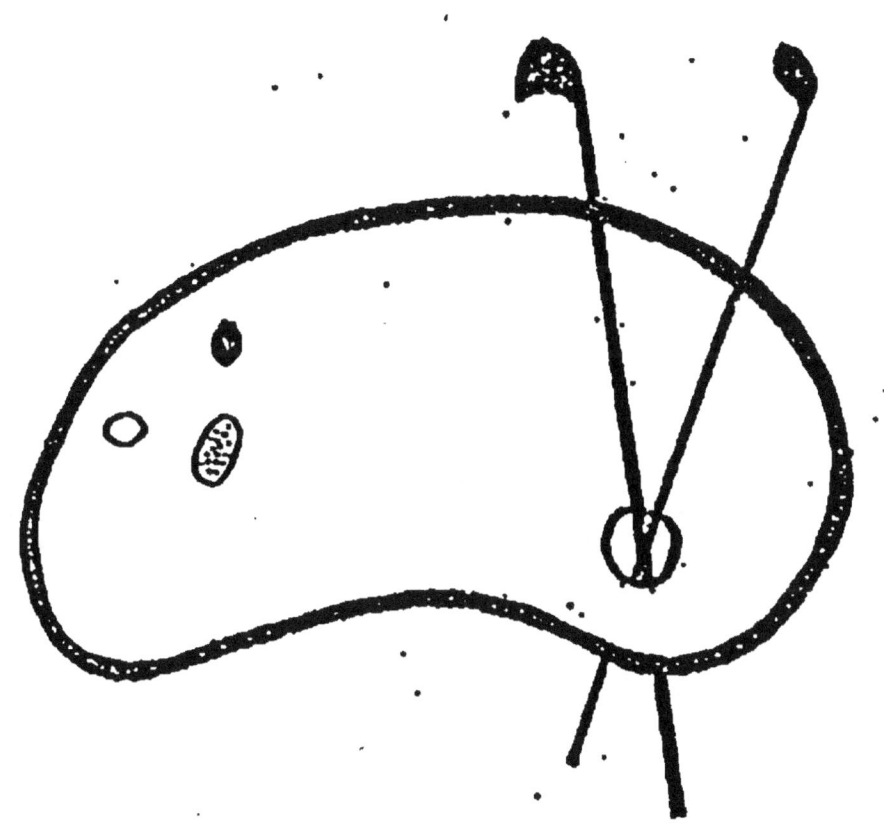

ORIGINAL EN COULEUR

NF Z 43-120-8